もう会えないと思っていた恋人。

あの歌を口ずさめば、またきみに会える――

小説
きみと、波に

のれたら
豊田美加
監督：湯浅政明　脚本：吉田玲子

CHARACTER

向水ひな子
Mukaimizu Hinako

サーフィンが大好きな大学生。自分の未来について、自信を持てずにいる。
自宅で起きた火災の消火に来た消防士の港と出会い、恋に落ちる。

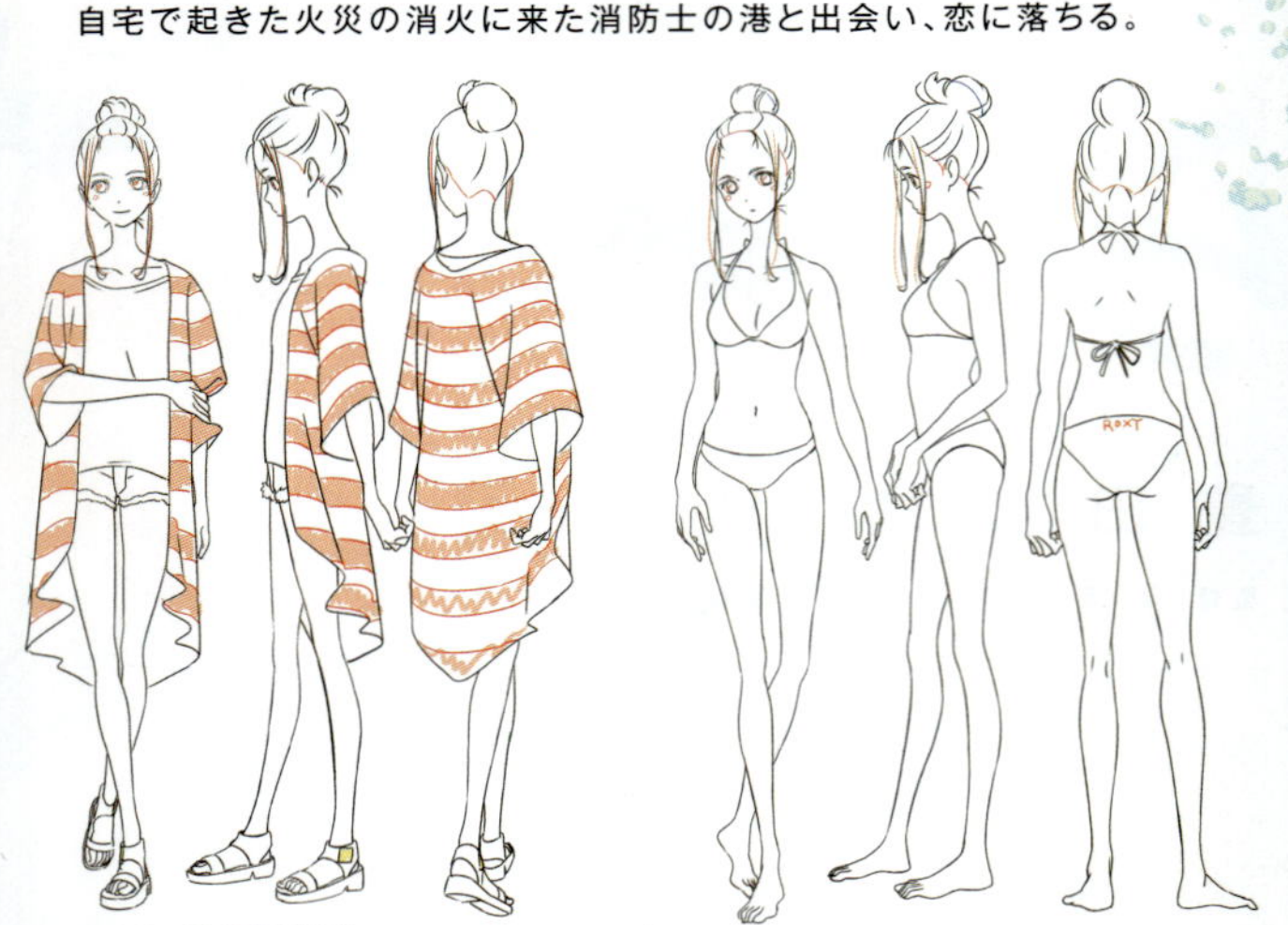

キャラクター設定資料より

雛罌粟 港

Hinageshi Minato

消防士。正義感が強く
仕事でも信頼されている。
ひな子が消防署から見える海で
波に乗っているのを見ている。

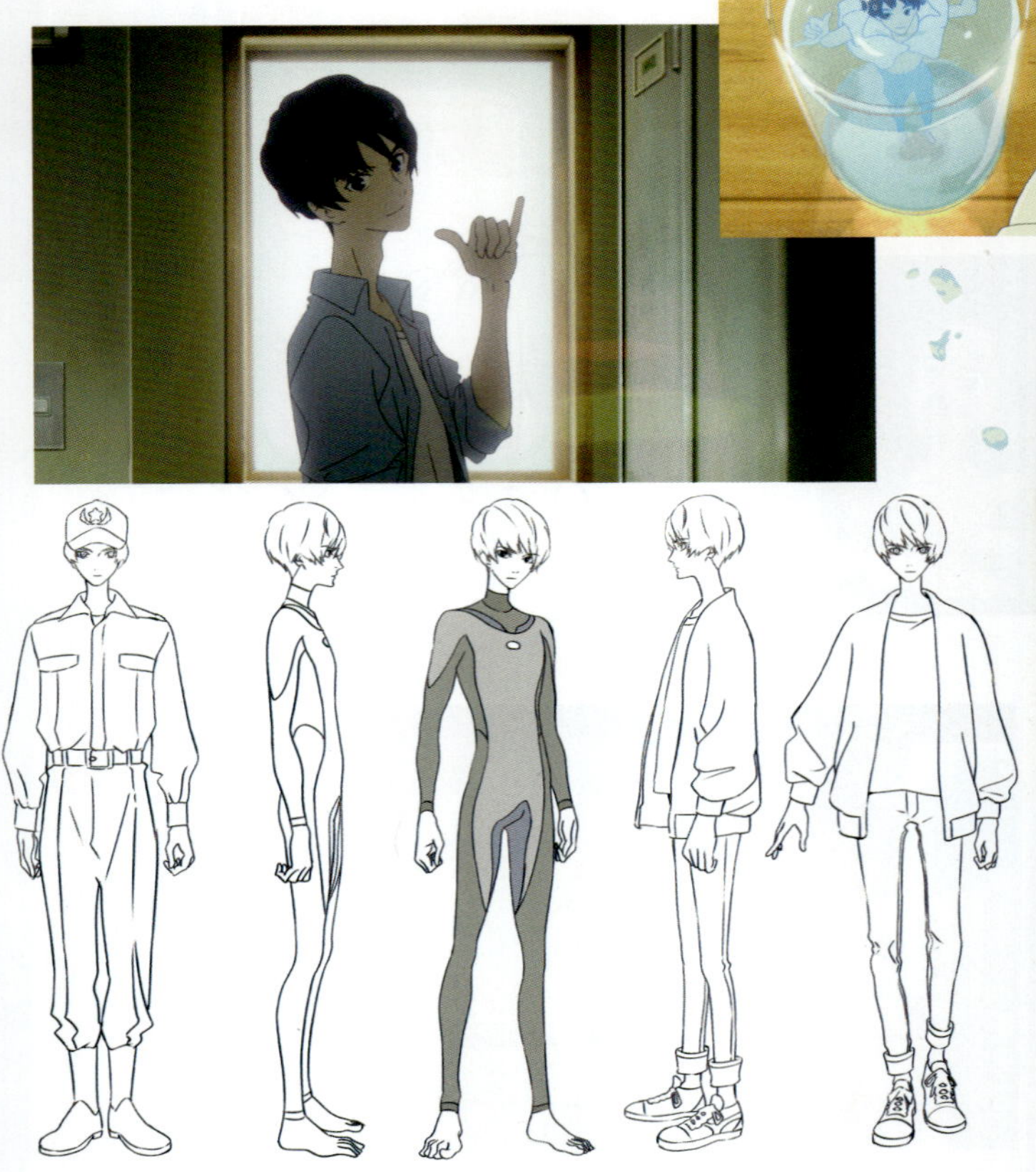

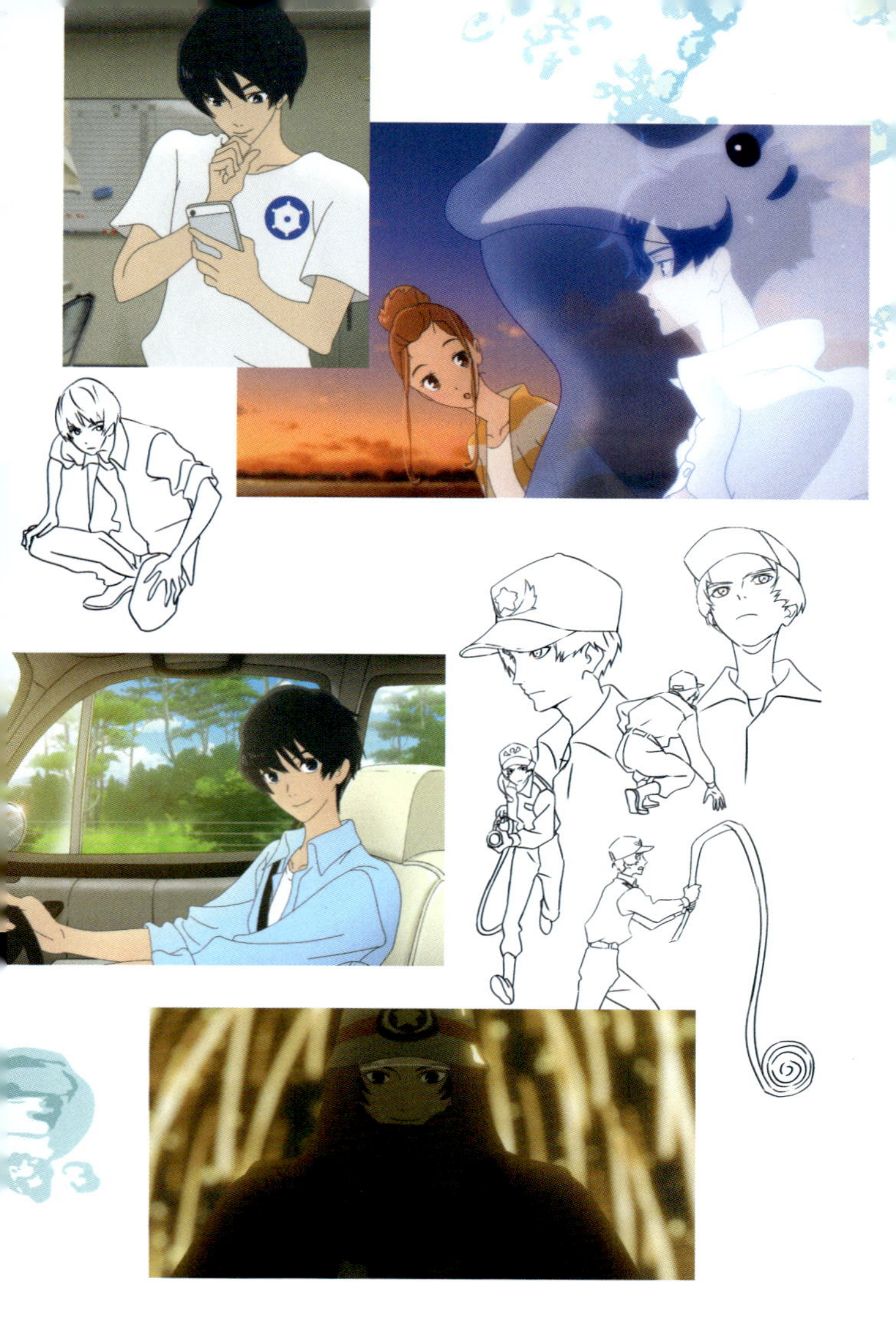

雛罌粟洋子
Hinageshi Yoko

港の妹で、高校生。
誰に対してもぶっきらぼうな態度を取る、
クールな性格。兄を慕っている。

川村山葵
Kawamura Wasabi

港の後輩で、
新人消防士として働いている。
人懐っこい性格だが、
仕事では失敗ばかりしている。

SCENE 1

水中での印象的なキスシーン。
触れ合おうとすると、港は泡となり消えてしまう。
二人は別々に描かれ、画面上で組み合わせられている。

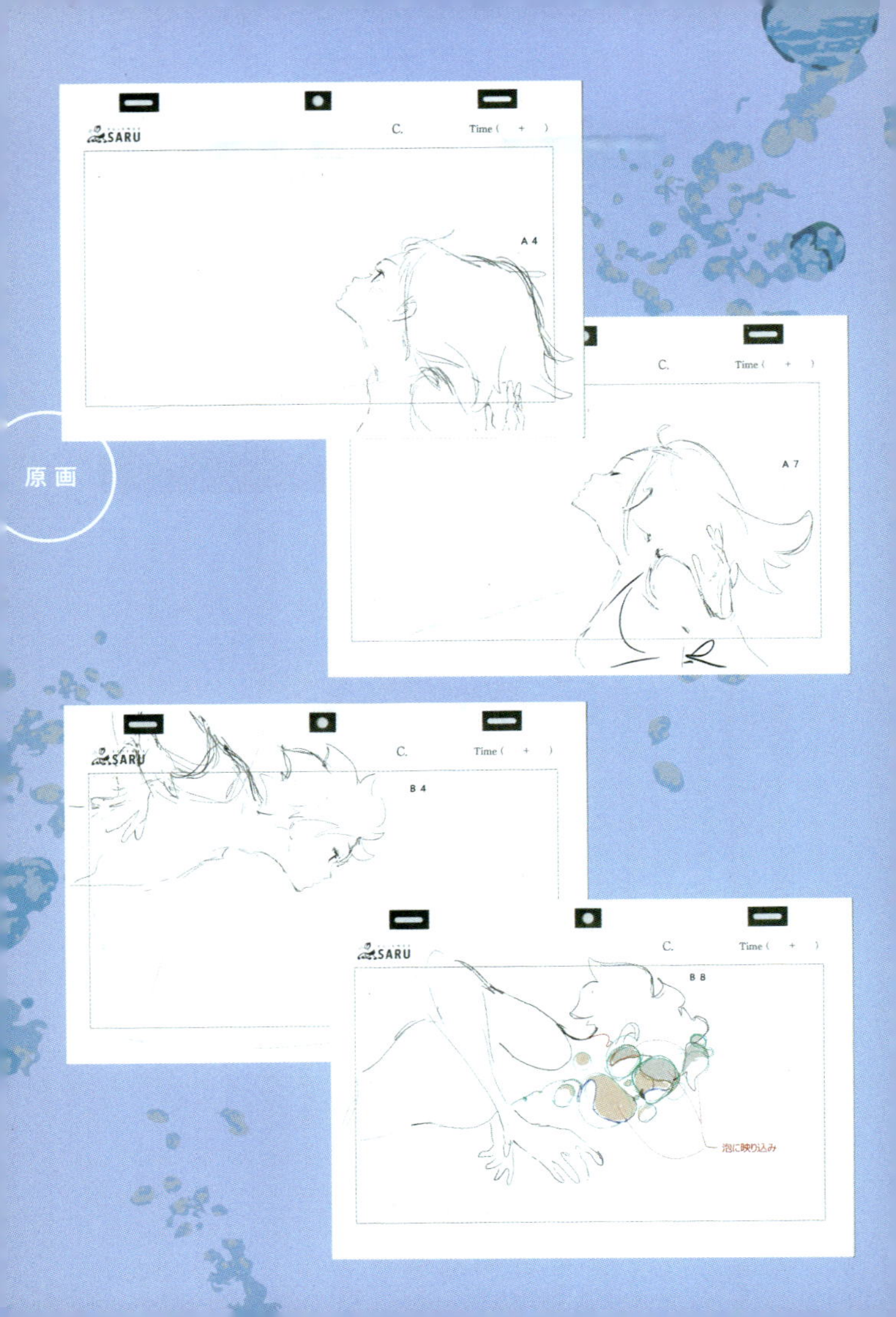
原画
SARU
C.
Time (+)
A 4
C.
Time (+)
A 7
SARU
C.
Time (+)
B 4
SARU
C.
Time (+)
B 8
泡に映り込み

SCENE 2

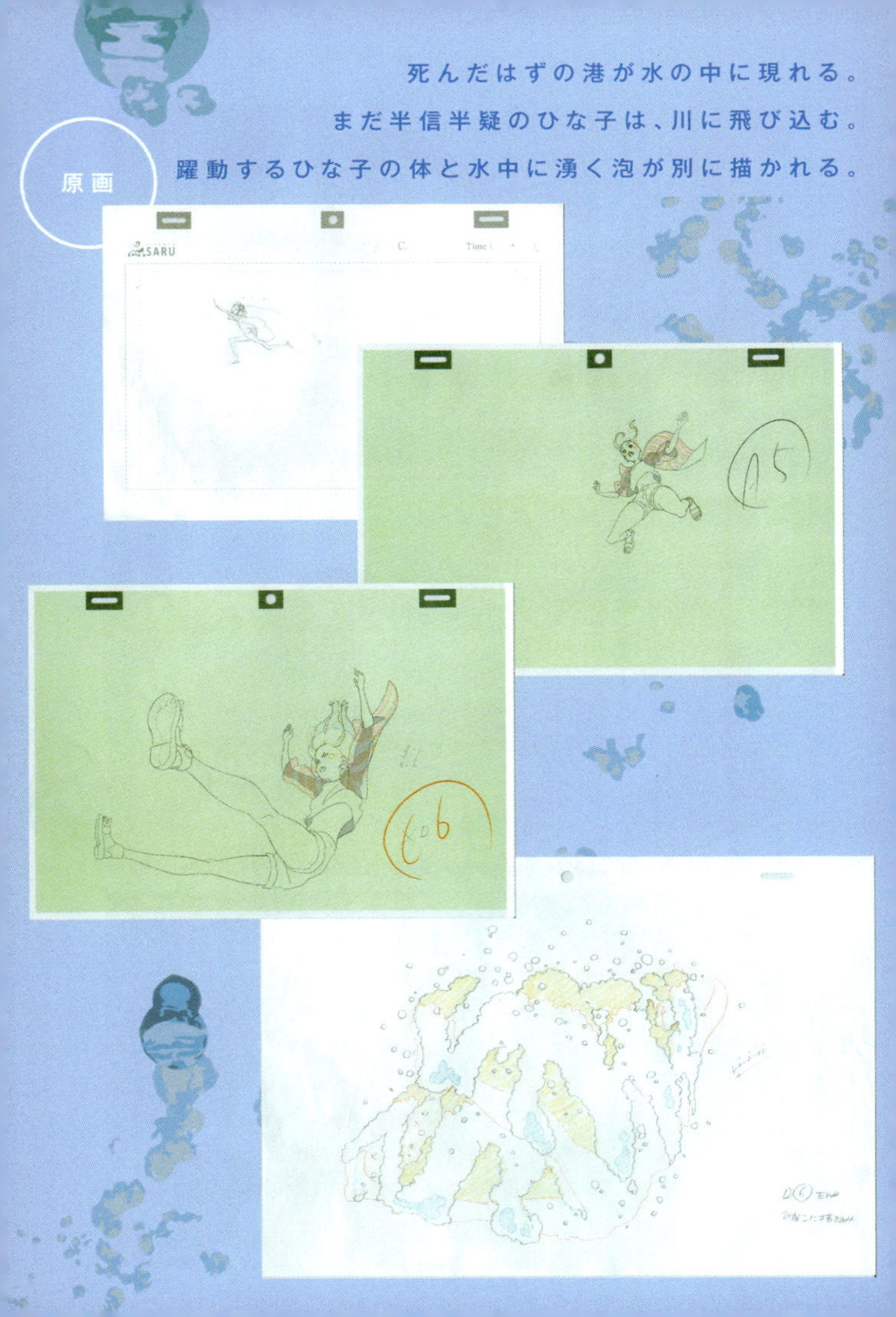

原画

死んだはずの港が水の中に現れる。
まだ半信半疑のひな子は、川に飛び込む。
躍動するひな子の体と水中に湧く泡が別に描かれる。

SCENE 3

火災の起こる廃墟ビルに閉じ込められてしまったひな子と洋子。
美しい夜景の中、ビルから溢れた水の上でロングライド。
夜景の建物、波は別々に描かれている。

SCENE 4

海上で仲を深めるひな子と港の、
夕日が輝く桟橋でのキスシーン。
人物と別に描かれた背景の原画には細かく説明も書かれる。

原画

小学館文庫

小説
きみと、波にのれたら

豊田美加
監督　湯浅政明
脚本　吉田玲子

小学館

目次

プロローグ

「なつかし〜〜！」

引っ越し早々、ひな子がマンション八階のベランダから放った第一声だ。

春のうららかな午後、眼前には見渡すかぎりの――海！

有名な俳人が詠んだような、のたりのたりなんてヤル気のない海じゃない。この外房の海は、気性が荒いのだ。

潮風を全身で受ける。波がどんどん大きくなって、浜に押し寄せるたび体がウズウズする。

ほら、またいい波が立ち上がった。

「ホレた波……！」

切り立ったリップ（波の頂上）がブレイクする。

こうしちゃいられない。愛して愛して愛しちゃった海に会いたくて、こっちの大学を受験したんだから。

ベランダの手すりに立てかけてあったオレンジ色のサーフボードを抱えると、ひな子は部屋に山積みになっている段ボール箱の隙間を駆け抜けた。


子ども時代を、海辺で育つか山で育つか。

それって、その後の人生において、相当重要なファクターだと思う。

親水性、っていうのかな。もう、断然、誰がなんと言おうと、そこがまるっきりちがう。

小学校の低学年まで千葉の九十九里浜で育ったひな子の場合、相性ピッタリとしか言いようがないくらい、水との親和性が高くなってしまった。

水と結びついて、切っても切れない。一日中だって触れていたいし、海に行けない日は寂しくてたまらなくて、からだの調子までおかしくなる。なんか重い女みたいだけど、そんな感じ。

あんまり水の中が居心地いいから、予定日を十日過ぎても、ひな子はお母さんのお腹から出てこなかったそうだ。長居しすぎて羊水が少なくなったもんだから、ようやくあきらめて出てきたのよって、お母さんは笑う。

自転車に取り付けたキャリアにサーフボードを積んで、ひな子は颯爽とマンションを飛び出した。ボードに描かれたスナメリが嬉しそうに笑う。

自転車は、ボードより少し濃いオレンジ色だ。

ペダルをひと漕ぎするごとに、潮の香りが濃くなる。波の音が近くなる。

高台を走る有料道路――通称「波乗り道路」下のトンネルを抜ければ、もうそこは太平洋だ。

ああワクワクする！　こんなに胸躍る瞬間ってあるだろうか。

ひな子は、トンネルから溢れる光の中へ飛び込んだ。


「今日の夕メシ、なに作るんでしたっけ？」

後輩の川村山葵が、乾いたシーツを取り込みながら港に訊いてくる。

今夜のまかない飯は鶏の唐揚げだろ。しかし港は答えず、いまいる屋上テラスからさらに上にある屋上に登るため、鉄製はしごへ向かった。

美しい海は世界中にたくさんある。紺碧の地中海。宇宙からも見えるという世界最大のサンゴ礁地帯グレートバリアリーフ。ダイバーの楽園である透明度バツグンの南国の海。

けれど港にとって、九十九里の海はすべてにおいて別格だ。

赤ん坊の頃の記憶はないが（幼児期健忘というらしい）、おそらく生まれ落ちた瞬間から波の音が耳に流れ込み、潮風を肌に感じて、ぼんやりした視界には水平線が映っていただろう。消防士として一人前になった二十二歳のいまも、見飽きるということがない。この職場のどこが最高かって、愛する故郷の海を屋上から一望できるところだ。

そして、四月初旬にしては暖かい快晴の今日。

目の前に広がる海は、いつもよりずっと、特別の輝きを放っている。

梅雨入り前のこの時季、港たちは胸に消防のマークが入ったTシャツ姿だ。ちなみに消防章は雪の結晶を象（かたど）ったもので、水、団結、純潔という意味合いがある。

港は、腕組みをして屋上の端に立った。

爽やかな潮風が、半袖の腕にサラサラと触れていく。

午後の太陽が光の粒をまき散らしている海面を、縦横無尽に滑る人影がある。

――そうか。そうだったのか。

「先輩？」

山葵もはしごを登ってきて、港の隣りに立った。

「……帰ってきた……」

港のつぶやきを聞き、山葵がけげんそうにその視線の先を追う。

いつの間に風向きが変わったのか、きれいなオフショアの波にライディングしているオレンジ色のボードが見える。あれは……イルカの絵？

黄色のビキニを着て、髪を大きめのお団子にしたサーファーは、顔まではわからないけれど、すらりとしたプロポーションの女の子だ。

腕前もなかなかのもので、カットバックして豪快にローラーコースターを決めた。

「知ってるんですか？」

山葵が、ちょっと意外そうな顔を港に向ける。年中モテ期のイケメンにもかかわらず、二つ年上のこの先輩は、まるで女っ気がないのだ。

「あの子、ぼくのヒーローなんだ」

そう言うと、港は上機嫌で鼻歌をうたい始めた。

第1章　パドリング

自慢じゃないけど、料理は得意だ——部屋の片づけよりは、って話だけど。

スマホの画面に出したレシピを見ながら、ひな子は昼食作りに励んでいた。

献立は、半熟卵がとろ〜り溢れ出す、ふわっふわとろっとろのオムライス。要はチキンライスとオムレツを作ればいいのだ。

家庭科の調理実習で作ったことがあるチキンライスは、すでに白いお皿の上に鎮座ましまして黄金色の王冠を待っている。

さて、いよいよオムレツの番。

サラダ油を熱したフライパンに卵液を流し込み、前後に揺らしながら菜箸で大きく混ぜましょう。はいはい。

半熟の少し手前になったら、フライパンの端に寄せましょう。あ、もう？　待って待って、卵が底にくっついちゃってる！

慌てて菜箸をフライ返しにチェンジ。

「んっ！　んっ！」

最後は、フライパンを握ったほうの手首をトントンして卵を返す——という技は難易度が高かったようで、固まりきらない卵が周囲に飛び散ってしまった。

たかがオムレツ、されどオムレツ。シンプルなのに難しい。いびつながらもどうにかこうにか楕円形に整えた卵を、フライパンからチキンライスの上へ。

「ああ！　もう～……」

一瞬オンした卵は向こう側に滑り落ち、菜箸でのせようとしたら無惨に崩れてしまった。

「……はあ～っ」

がっくり。これじゃ、ふわとろじゃなくてぼろぼろだ。ま、しかたない。初めてにしては上出来、としておこう。

卵で汚れたスマホを取り上げ、お皿を持って、折りたたみのミニテーブルに運んでいく。

きのうは日が暮れるまでサーフィンしていたものだから、段ボールはいまだ開かずの箱のまま部屋の両側に積み上げられている。で、その谷間の通路のような空間が、いまのところひな子のダイニング兼リビングスペースだ。

こういう景色、どこかで見たことある。そうそう立山黒部アルペンルートの氷の壁だ……な～んてノンキなことを考えながらテーブルにお皿とスマホを置いた瞬間、氷ならぬ段ボール箱の壁が倒れてきた。

「おお！」

慌てて支えて押し返す。ほっ。間一髪……と思いきや、今度は右隣りの段ボールタワーが倒れてくる。

「えっ⁉」

とっさに右手を伸ばして支えたら、すかさず左側の段ボールがぐらり。するとまた最初の段ボールが。ちょっ、カンベンしてよ！　ついにひな子の両手が塞がったのを見計らったように、テーブルの上のスマホが着信音を鳴らし始めた。

なんなの、この息の合ったチームプレーみたいな連鎖反応⁉

画面に『母』の表示が見える。お母さん、超絶バッドタイミングだよ。

大人しくしてて……段ボールの顔色を窺いつつパッと右手を離してスマホを取り、また両手で支える。そこまではよかった。

「わっ」

非情にも、反対側の壁がぐらっと倒れかかってきた。スマホごと右手ではっしと受け止め、段ボールサンドイッチの具になるという事態はかろうじて免れる。サーフィンで培った身体能力が、こんなところで役立とうとは。

その姿勢のまま親指を動かして、なんとか応答ボタンとスピーカーボタンを押す。

「はいっお母さん？」

『ひな子、部屋片づいた？』

こっちのせっぱつまった状況とは正反対の、ノンビリしたお母さんの声。

「え、うん片づいたよ（ビデオ通話じゃなくてよかった！）」

『ごはん食べてる？』

「オムライス！　作った！」

げっ！　右手で押さえているほうの一番上の段ボールが落ちそうだ。慌てて押し返したら潰れかけの下の箱が押し出されてきて、それをぐいっと腰で押し込む。

『あはっ、おんなじ。こっちもお兄ちゃんが食べたいって、いま』

お母さんのオムライスなら、非の打ちどころがないふわとろなんだろうなぁ。チキンライスの上にうまーくのっかった完璧な楕円形のオムレツを、包丁でさくっ。ふたつに裂けて広がって、ほわりと半熟卵のいい香りが……。

実家の造園業を手伝っているお兄ちゃんがおいしそうに頬張っている顔まで目に浮かぶ。

『大学、ど～お？』

「まだ、始まって、ない！」

両手を突っ張って足を踏ん張る。おまけに歯も食いしばる。こっちは体がふたつに裂けちゃいそうだ。

『もう、なんで海洋学科なんて……』

またそれ。だってそっち海ないじゃん。

「海！　好きだし!!」

やばっ！　雪崩が起きそう!!

『そんなんで勉強ついていけんの？』

ていうか、お母さんのお小言聞いてる場合じゃないんだって！

「大丈夫だってばっ！　じゃっ！　またかける！」

もう限界！　パッと手を放しテーブルを抱えて逃げようとしたひな子の背中に、両側から段ボールが崩れ落ちてきた。おまけに後頭部にも。

「いたっ！」

その拍子にコップが落ち、水が床の上を川のように流れていく。

「……ほんと、大丈夫か、わたし……？」

タンクトップの胸の下で、ぼろぼろオムライスがぐちゃぐちゃオムライスになった。

水溜（みずた）まりに、青い空が映っている。

消防隊員は日々さまざまな訓練を実施しているが、雨上がりの今日は、消防署内の敷地で放水訓練が行われていた。迅速かつ的確に消火活動を行うための、重要な訓練だ。

「第二線、伸ばせ!!」

「はい!!」

小隊長の指示で、防火服を身につけた山葵がポンプ車まで駆けていく。しころという防火性の布がついたヘルメット、底に鉄板の入った長靴、空気ボンベをつけると総重量は約二十キロだ。

車両からホースを取り出し、両手で抱えて駆け戻る。ホースの長さは二十メートル、重さは約十キロ。身につけているものと合わせると、小学三年生くらいの子どもを抱えて走っているのと同じ計算になる。

まっすぐ展張させたホースの金具をすばやく結合させ、筒先を持って構える。

「出せ!!」

山葵の合図でバルブが開かれ、ホースに流れ込んだ水が勢いよく飛び出した。思わず体を持っていかれそうになるが、なんとか踏み堪(こた)える。

訓練塔に下がっている、炎の絵が描かれた旗めがけて放水する。だが、水の重さや反動力があるので、なかなか狙いが定まらない。

「腰入れろ！　川村!!」

「はい！」

実際の火は使わず、こうして的を使って狙った場所に放水できるよう訓練するのだ。

「噴霧！　棒状！　水力上げろ！　マックス！　噴霧！　棒状！」

次々と小隊長の指示が飛ぶ。放水幅のパターンを使い分けたり放水量を調整したりと、一時も気が抜けない。

「うわっ」

手元の操作に気を取られていたら、水勢に負けて山葵の手が滑った。ホースに顔を叩かれて後ろに倒れ込む。

「おい！　なにやってんだ！　拾え!!」

と怒鳴られても、ホースは空中で火を吐くドラゴンのように暴れている。山葵が水を浴びながら唖然として見上げていると、

「止めろ！」

小隊長のひと声で、ドラゴンはとたんに力を失い地面に横たわった。その口から、水がちょろちょろと流れ出ている。

「川村ー!!」

ドラゴンシャワーの巻き添えを食った小隊長の叱責が飛んできた。隊員はともかく、通りかかった自転車の女の子まで、ホースの水を浴びてびしょ濡れになっている。

「すいません、大丈夫ですか!?」

山葵は大慌てで走っていった。

横髪を垂らしたお団子頭が、ふるふるっと水を払う。長袖Tシャツもデニムのショートパンツもぐっしょりだ。ヤローならまだしも、年頃の女の子を濡れネズミにするなんて！

「申し訳ありません……」

なんてことしてくれるのよ！　メイクも服も台無しじゃない!!　……そんなお叱りを覚悟で深々と頭を下げると、

「この下、水着なんで大丈夫です！」

山葵の予想を裏切って、彼女はあっけらかんと笑った。

なるほど、自転車のキャリアにオレンジ色のサーフボードが積んである。

よくよく見れば日に焼けた小麦色の顔はノーメイクで、決して美人というわけではないけれど、笑顔のチャーミングな可愛（かわい）い女の子だ。

背後では、訓練が終了して撤収作業が始まっている。

「……あ」

この子、港先輩がこないだ屋上から見てたサーファーの。サーフボードの絵で、山葵は気づいた。イルカじゃなくて、スナメリだったか。

「あの、これ、使ってないやつなんで」

彼女がカバンからタオルを出して、山葵に差し出した。

「あ、いえ‼　大丈夫っす」

恐縮して断る山葵に、「ん」と明るく促す。

「……ありがとうございます」

こんな屈託のない笑顔を前にしたら、受け取らざるを得ないじゃないか。

「返さなくていいです。実家で毎年お年賀で配ってるタオルなんで、差し上げます」

渡された白いタオルには、『樹と人の心を繋ぐ　㈱向水造園』と書いてある。

「それより……ちょっと道に迷っちゃってて」

「どっちですか？」

「うちに帰りたいんですけど」

「……はあ」

返答に困った。どう見ても、家に帰る道がわからなくなる年齢ではない。

「越してきたばかりで」

あ、なるほど。

「住所、わかります？」

「あー……マンション名だったら。サンライズ片宮っていうんですけど」

「ああ、建設中のビルの隣りの？」

「それです！」と嬉しそうにビシッと指さす。

「なんで知ってるんですか？　すご～い」

いやあそんな。照れて頭を掻く。可愛い女の子に褒められて悪い気はしない。

背後では撤収作業が進み、ポンプ車の接続口からホースが抜かれた。ほかの消防隊員が二つ折りにしたホースを折り目のほうからロール状に巻いていく。緩まないように硬く巻かねばならず、簡単なようで難しい作業だ。

「川村ー！　おまえ、案内してさしあげろ！」

振り返ると、小隊長がニヤニヤしている。ちぇ、からかってるな。

「すいません、そうしたいんですけど……いま勤務中で」

生真面目に謝った。まだ下っ端の自分が途中で仕事を抜けるわけにはいかない。

「あ、大丈夫です、道を教えてもらえれば」

「じゃあ、その先をまっすぐ行って、白いアパートを右に曲がって、ふたつめの道を左、そしたら学校が見えるんで、その先を右です」

「右、左、学校を右」

自分で方向を指さしながら確認する彼女。

「川村！　ホース片づけろ!!」

「はい!!」ヤバい、戻らないと。

彼女が「じゃっ！」と軽く会釈し、スナメリのサーフボードと一緒に自転車で走りだす。

「気をつけて！」

山葵は、遠ざかっていくお団子頭に声をかけた。

「迷子にならないでね！　ヒーローさん！」

先輩、非番じゃなきゃよかったのに。山葵はふふっと笑い、仕事に戻っていった。


道路に残った水溜まりの上を、ひな子は鼻歌をうたいながら自転車で走っていく。

透き通るような空の色や、埃や塵がすっかり流されてきれいになった、洗いたての空気の匂い。雨上がりってテンション上がる。小さい頃はわざと水溜まりをバシャバシャやって、お母さんに怒られたものだ。

黄色い長靴の代わりに車輪が水を撥ね上げ、青空と白い雲が映った道路のプールに波紋を残していく。

「右〜」

「左〜」

さっきのカワイイ消防士さんに教えてもらったとおりに、いちいち指さし確認しながら角を曲がる。

「がっこう～～!!」

やった！　ミッションコンプリートぉ。……というか、なんのこと？　はたと思い出す。あの消防士さん、わたしのこと「ヒーローさん」って呼んでたよね、たしか。

「ん？」

そのまましばらく自転車を走らせていたひな子は、元気よく漕いでいた足を止めた。右見て、左見て、また正面を向いて首をかしげる。

「ここ、どこだっけ……？」

見慣れない住宅街だ。学校の先を右に曲がるという最後の指示が、完全に頭から抜け落ちてしまっている。

そのとき、ジャバジャバと水しぶきを上げながら大きなトラックが走ってきた。

「え？」

前方を歩いていた通行人はとっさに路地へ逃げ込んだが、ひな子の横はブロック塀が続いていて逃げ場がない。

「え？　え？　ちょっと」

まごまごしているうちにトラックは近づいてきて、盛大な水しぶきを上げてひな子の横を通り過ぎていった。

「……う～……も－－－－う！」

また頭からずぶ濡れだ。海水や真水ならいいけど、泥水はいただけない。タオルはさっきの消防士さんにあげてしまったし、もう一度雨が降って、せめて顔の泥だけでも洗い流してくれないかしら。

道行く人たちにジロジロ見られながら、やっとのことでマンションに帰り着く。

「……はあーっ……」

後ろ手にドアを閉めて、ひな子はぐったりと肩を落とした。

段ボールの下敷きになって、道に迷って、ホースの水を浴びて、最後は泥水。今日一日、とんだ災難続きだ。

けれど、ひな子の災難は、これだけでは終わらなかった。

港は当直中で、ちょうど日誌を書いていたところだった。

深夜、事務室の壁に取りつけてあるスピーカーがピーピーピーと鳴りだした。

『片宮町四十三番地にて出火。隣りのマンションに延焼中』

１１９番通報を受けた消防指令センターからの出動指令だ。

指令センターで現場の地図や周囲の状況をいち早くまとめた指令書が二枚、ファックスから流れてくる。出火したのは建設中のビルらしい。

機関員の古葉(こば)さんが、進路と消火栓の位置をすばやく確認する。

「防火衣着装。長靴よし！」

ロッカーで準備していると、仮眠室から山葵が駆けつけてきた。

「マンション、港さんのヒーローのとこですよ！」

「え！」

だが動揺している暇はない。

「ズボンよし！」「襟よし！」「上着よし！」「安全帯よし！」「着装よし！」

港は流れるような無駄のない動きですべてを身につけ、最後にボンベをひょいっと背負う。この間、わずか四十五秒。

装備を完了した港は山葵を置いて先に走っていくと、はしご車に乗り込んだ。

ポンプ車とはしご車の出動指令が出ている。大きな火災らしい。

寝静まった町にサイレンの音がけたたましく鳴り響く。

「大量の業務用花火に引火したらしい」

防火手袋をはめながら、中隊長がメガネの奥の目を険しくして言った。

ひな子は、命の次に大事なもの——すなわちサーフボードを抱えて右往左往していた。

学校で火災に備える避難訓練はあったが、リアル火事は生まれて初めての経験だ。

数分前のこと、ドドォンという花火のような音で目が醒めてみれば、ベランダの窓の外は昼間のように明るかった。

「火だ！　燃えてるぞ！」

「火事だ！　逃げろ！」

住民たちの騒ぐ声でやっと事態を把握し、ひな子は熟睡していたベッドから飛び起きた。

今日も今日とてサーフィンにうつつを抜かしてしまったので、部屋の中には依然として段ボールが積んである。火が入ってきたら、さぞやよく燃えることだろう……なんて他人事みたいに考えてる場合じゃない。お母さんの言うとおり、早く片づけておくんだった！

「えっと、ケイタイ!!」

サーフボードがつかえてUターンできないので、段ボールの谷間を後ろ向きのままベッドのほうへ戻っていく。

『ウィーン！　ウィーン！　火事です！　火事です！』

火災警報器さん、言われなくてもわかってるよそんなこと！

「あーおさいふ!!」

再び段ボールの谷間を後ろ走りで戻る。そのむかし教わった「お（押さない）・か（駆けない）・し（しゃべらない）・も（戻らない）」という避難時のポイントはすっかりどこかへ飛んでいる。人間、火事場の馬鹿力は出せても、頭はサッパリ働かないらしい。

やっと部屋から出たときには、廊下に焦げたような匂いが充満していた。

もしかして相当ヤバい？　ここは八階だ。と、ともかく外へ……。

「ああっ、待って！」

急いでエレベーターに走り寄ったが、逃げていく住民を乗せて無情にも下降していった。

そうだ非常階段！　駆けていってドアを開けると、階下からもくもくと煙が上がってきている。下に行けないなら、上に行くしかない。

ひな子は考える間もなく階段を駆け上がった。


通報からわずか五分後、消火栓の蓋が開けられた。

棒状の器具を刺してひねると水が溢れ、そこへホースが繋がれる。

「出せ!!」

ポンプ車のホースが一気に膨らみ、火を噴いているマンションの階段やベランダへ放水が始まった。隣りの建設中のビルからは、ばんばん花火が上がっている。

「火点（標的）六階外階段！　五階連結送水管へ繋いで放水！　二番三番上がれ！」

「はい!!」

二番員の山葵と三番員に小隊長の命令が下った。

「それっ、そらっそらっそらっそらっ」

延長ホースを抱えて掛け声とともに非常階段を駆け上り、マンションの放水口にホースを繋ぐ。

「出せっ!!」

訓練の成果を発揮するときだ。

一方、マンション一階のエントランスホールは避難した住民たちで騒然となっていた。

「こちらで部屋番号の確認をしていますので、お願いしまーす!」

逃げ遅れた人はいないか、けが人はいないか、確認するために消防署員が名簿を手に大声で叫ぶ。

「くまちゃん忘れた〜」

母親に抱っこされた小さな女の子が泣いている。まだ若い両親は動転して、娘のお気に入りのぬいぐるみにまで気が回らなかったのだろう。

外の指揮車には中隊長がいた。現場の情報収集や部隊の統制を担う、いわば司令塔だ。

「マンション内部に延焼はなく、住民は一階に避難。八階女性一名未確認。二番三番、消火のち八階女性の安否確認せよ!」

胸元のマイクで消防士たちに情報を伝え、てきぱきと指示する。

「了解!!」

山葵も、まさかその未確認女性が「ヒーローさん」だとは思いも寄らない。

ポンプ車隊の山葵たちがいる外階段の反対側では、港がはしご車でベランダの消火活動にあたっていた。

外に束ねてあった雑誌に火が燃え移ったようで、ベランダは黒焦げで窓ガラスは溶け、部屋の中は水浸しだ。上下階も被害が大きい。

はしご部分は最長三十メートルまで伸びるので、マンションの十階くらいの高さなら、こうして間近から放水したり直接救助作業ができる。

放水を止めて鎮火したベランダに近寄ると、港は煤(すす)けて濡れたくまのぬいぐるみを拾い上げた。


ヒュ～ヒュ～ヒュ～、ドォン!!

屋上では、ヤケッパチの在庫一掃セールみたいな花火大会が開催されていた。

「きゃっ」

唯一の観客であるひな子にバンバン火の粉が飛んでくる。

こんな特等席いらないから！　ひな子はサーフボードを背負って盾代わりにすると、お辞儀しているような体勢で屋上の端まで駆けていった。

下を覗き込むと、消防車が数台停まっている。消防隊員らしき人たちもいる。

ひな子は大きく息を吸い込んだ。

「助けてーーっ！」

ドーーン！　同時に大きな花火が上がる。

幸いメガネをかけた消防士さんが気づいてくれて、こっちを見上げながら胸のマイクで誰かになにかを伝えている。よかった、救助されるみたい。

花火は容赦なく火の粉をまき散らし、ひな子はサーフボードの下で中腰のまま肩をすくめた。誰でもいいから早く来て〜っ。一秒が一時間にも感じられる。

「大丈夫ですかぁ！」

階段のほうから足音がする。天の助け!!　と思った瞬間、ひな子の背後でひと際大きな花火が打ち上がった。

思わず振り返ると、菊の花のように尾を引いて広がる花火をバックに、ゆっくりとはしごが近づいてくる。

「は……」

先端のカゴに乗っているのは、切れ長の黒い目をした若い消防士さんだ。ひな子を安心させるためだろうか、久しぶりに再会した友だちみたいに微笑んでいる。

「大丈夫ですか？」

クッションのように柔らかくって、優しい声。

「……え……あの……」

アイドルみたいなキレイな顔立ちを見つめたまま、ひな子は一瞬ぽかんとなった。はしご車が白馬で消防服がヒラヒラの貴族服なら、完璧に王子様だ。この非常事態でなければ、キャーッと黄色い声を張り上げてしまいそう。

「ケガは？」

「な、ないですっ！」

ドンドンドォーンと花火は間断なく打ち上がっている。

「落ち着いて。いま、助けますから」

そう言いながら、消防士さんがカゴの扉を開く。

「ボードも一緒にいいですか？」

ひな子が近づいていって訊ねると、「もちろん」と両手で受け取ってくれた。

「狭いですが、乗ったらしゃがんでください」

こわごわカゴに乗り、渡されたヘルメットをかぶって言われたとおりにしゃがみ込む。

「住人一名確保！　下降お願いします！」

ブラキオサウルスの首みたいなはしごが、ウィーンと下降していく。

高っ！　高所恐怖症じゃないけど、ひな子はカゴの柵にしがみついた。落ちたら確実にダメなやつ。地に足がついていないのは同じでも、サーフィンとはそこが決定的にちがう。

消防士さんは全然へっちゃらで、余裕の微笑すら浮かべてひな子を見つめている。

その目がどこか懐かしそうなのは……気のせい？

やがてはしごは無事、地上に着地した。

「もう大丈夫ですよ」

ひな子を救助してくれた消防士さんが、サーフボードを渡してくれる。

「ありがとうございました！」

命と、命の次に大事なボードを救ってくれた。何度頭を下げても下げ足りない。

「いえ、こちらこそ」

え？　こちらこそ――って？　意味を計りかねていると、

「ひなげし！　はしごに物載せたらダメだろが!!」

向こうからメガネの消防士さんが怒鳴った。

「すみません！」

ええっ、サーフボード載せちゃいけなかったんだ！

「ごめんなさい」

ひな子が謝ると、彼は気にするふうもなく言った。

「大切なんですね、そのボード」

「子どもの頃から使ってるんで、ボロボロで……」

「また見せてください。波にのってるところ」

「え」

「うちの屋上から見えるんです。消防署の……」

「ひなげし！　撤収!!」

また怒鳴られた。彼は苦笑して、「じゃっ」と手を上げ行こうとする。

「あっ、あの！」思わずひな子は呼び止めていた。

「今度！　その……！　興味あれば……」

あとから考えても、初対面の男の人に、よくあんなことを言えたものだと思う。

「のってみませんか!?　波に！」

手でウェーブを作ってみせる。あ、でも。

「……もう、やられてますかね……？」

返事の代わりに、命の恩人はひな子に向き直って満面の笑みを浮かべた。

第2章　テイクオフ

人命を救助する消防士にとって、ロープは重要な道具だ。

そのため、ロープを使う訓練は欠かせない。高いところに進入するためのロープ登坂や、いま山葵がやっている、建物と建物の間や川を渡るためのロープブリッジ渡過がそうだ。

「おいおいおいおい！」

訓練塔から補助訓練塔に空中で渡されたロープを、往路はセーラー渡過、復路はモンキー渡過という方法で渡っていく。名前が示すとおり、前者は水兵が用いたロープにまたがり両手で引いて進む方法で、後者は綱渡りする猿のようにロープにぶら下がって渡っていく方法だ。

同時にスタートした隊員は二十メートルほどのロープを早くも往復したのに、山葵は復路の中間地点でモタついていた。

一日に何回もこの訓練を繰り返すので、徐々に握力が無くなっていく。セーラー渡過はコッをつかめばなんとかなるが、相当な筋力を要するモンキー渡過は消耗が激しい。案の定、手が滑って地面に真っ逆さま——になるところを、腰の命綱が救ってくれた。

「おいどうしたー！」

「がんばれ！」

逆さ吊りになっている山葵に隊員たちの声が飛んでくる。だが、これが痛いのなんの。

「行ける行ける！」

「もう一丁！」

くそっ。腹に力を込めて上体を起こし、腰に繋がれたロープを登り始める。

「いいぞ、根性見せろー！」

額から滝のような汗が流れ落ちるが、拭う余裕などない。やっとのことで水平に張られたロープを両手でつかむ。

「足、足！　足上げろ！」

片方の足を引っかけ、もう一方の足も引っかけようとして、また落下。これを何度も繰り返すと心が折れて、復帰はますます難しくなる。

「まだまだ行けるぞ！　あきらめるな！」

「落ち着け！　もう一回！」

「力入れろ！　しっかりつかまれ！」

愛ある檄が次々と飛んでくる。吐きそうになるのを歯を食いしばって堪え、もう一度トライしようとするも、もはやロープを握る力がない。握力も体力も気力も尽き、宙ぶらりんになって救助されるのを待つばかりだ。

「……はあ～……」

山葵は、情けない顔でため息をついた。

更衣室で山葵が落ち込んでいると、港が「お疲れ！」と入ってきた。

「……おれ、向いてないんスかね……」

着替え始めた港に背を向けたまま、つい弱音を吐く。

「失敗したら、修正すりゃいいだろ」

気軽に言えるのは、港がなんでもこなすスーパーファイアーファイターだからだ。

「……そんな簡単じゃないっすよ」

宙ぶらりんの山葵を、ロープを伝って助けにきてくれたのも港だ。

「なんか道、まちがったのかも……」

泣きそうになって天を仰ぐ山葵に、港が言った。

「機関員の古葉さんの地図、見たことあるか？」

古葉さんは最近ほかの町から転勤してきたベテラン機関員で、消防車を安全かつ迅速かつ正確に現場へ到着させ、消防車両の消防ポンプを操作するのが仕事だ。

先日の火災で山葵も古葉さんの地図を見た。赴任してまだ日が浅いのに、管内のどの道が通れるか通れないか、消火栓や防火水槽はどこにあるか、もう近辺の早道と水利を完璧に把握している。日頃から調査して自分の地図を作り、いざというときに備えているのだ。

「あそこまでできるようになるのは簡単じゃない。最後まで努力を続けたやつだけがああなれるんだ。おまえガタイいいし、おれよりできるはずだろ？」

私服に着替え終えた港は山葵の背中をポンと叩き、「お先！」と出口へ向かう。

「……先輩!!」

思わず呼び止めると、港が振り返った。

「なんか、楽しそう」

軽すぎる足取り、うきうきした表情。先輩……なにがあった？

「波にのるんだ」

港は握った片方の手の親指と小指を開き、サーファーがよく使うシャカサインを作ってにっこり笑った。


ひな子の通う大学は海のすぐそばにあって、敷地がそのまま砂浜に繋がっている。波音が聞こえる広々としたキャンパスは、ちょっとしたビーチリゾートのようだ。

うーん、いいお天気。午後の講義なんかサボってサーフィンしたいなぁ。

まだピカピカの新入生だというのに、不真面目な考えが頭をよぎる。

日本は四方を海に囲まれた島国なのに、意外にも海洋学を学べる大学は少ない。ひと口に海洋学科と言っても分野はいろいろで、生物学、航海学、水産学、環境学、機械工学、生命科学、エトセトラエトセトラ（欧米では、海洋学は総合科学と言われているらしい）。

こういう特殊な学科で学ぼうとするくらいだから、水族館の飼育員になりたい、とか、海洋学者になりたい、とか、同級生たちはみんな明確な志望動機を持っている。

ただ海が好きだから——深く考えず受験したひな子のような学生には、早くもツケが回ってきている。よもや、苦手な理系の授業がこんなに多いとは……。

化学なんて、日々苦行。彼氏でもいればラブラブハッピーなキャンパスライフなんだろうけど、悲しいかな、ひな子は男の子とつき合ったことがない。

……いや、正確に言うと、それっぽいことはあった。

あれは高二の夏休み、海の家でバイトしながらサーフィン三昧の日々を過ごしていたひな子の前に現れた、やたら高価なボードを抱えた大学生。顔はよく思い出せないのに、ボードははっきり目に浮かぶ。もしかしたら、ボードに目がくらんでしまっただけなのかも。

なにしろ、あの頃のひな子は青かった。といってもまだ二年前だけど。

実はそのボード、ちがう、大学生の彼は波にのれなかった。いわゆる陸(おか)サーファーというやつ。でも決して、ひな子はバカにしていたわけじゃない。できないなら練習すればいい話だし、ン十万もするボードがもったいないと思っただけ。……いや、宝の持ち腐れだよ、くらいは言ったかも。

ともかく、ひな子がサーフィン上級者だと知ると彼はなぜか怒ってしまい、隣りの海の家でバイトしていた（※サーファーでない）地元の女の子にさっさと乗り換えてしまった。

そんなわけで、サーファーもどき彼もどきのモドキくんとは、わずか一日半で終わった。これ、あきらかにノーカウントでしょ。

恋の神様が、そんなひな子を哀れんだのかもしれない。

とんだ目に遭ったけれど、火事がきっかけで、ひな子はあのイケメン消防士さんとLINEでやりとりしたり、ときには電話で話したりするようになった。

そして彼が非番の明日——ついに！

ふたりでサーフィンに出かけることになったのだ。

これ以上ないくらいの上天気、窓から流れてくる気持ちのいい風、ほどよい車の振動。

そして決定打は寝不足と早起き。

……不可抗力。ひな子の目がとろ～んとなる。

「ちょっと早かったですか？」

ハンドルを握っているのは、Tシャツの上にダンガリーシャツをはおった消防士さんだ。

防火服もカッコよかったけど、ラフな服装もすごく似合ってる。

「あ、いえ！　全然眠くな……」

言ったそばから、ふわあ～……と大きなあくびが出そうになって、ひな子は大急ぎで口に手を当てた。

「あれ!?　おかしいな……」

自分からサーフィンに誘っておいて、しかも車まで出してもらって、失礼極まりない。

緊張しすぎて、自律神経がおかしくなっちゃったのかも。

が、彼は微笑んで言った。

「着くまで寝てていいですよ。片づけ大変だったんじゃ」

う～ん、大人の男の人って感じ。タメの男子とは気遣いがちがう。

「八階から二階に移っただけなんで、もうばっちり！　カンペキです」

うら若き乙女が段ボールに囲まれて暮らしてますなんて言えるわけない。

「あそこ、ベランダの素材が燃えやすいんです。そこを通して下から上まで一気に燃え上がってしまって……気をつけてください」

言われてみれば、被害があったのは火元に面した縦一列の部屋だ。

「はい！　気をつけます」

ベランダには燃えやすいものを置かないようにしないと。

「でも、大変ですね。建設中のビルで花火してたんでしょ？　そんな人の面倒まで見るなんて」

火事の原因を作ったのは若い男女のグループで、あきれたことに、不法侵入のうえに無免許だったらしい。火薬量の多い煙火を扱うには資格が必要で、一般の人には購入すらできない。あの大量のブツはどこで手に入れたんだろう。

「ほんとにカンベンしてほしいですよ。しかも、そういう動画を撮ってアップするのが流行ってるらしいんです」

悪ふざけにもほどがある。公園でおもちゃ花火をするのとはワケがちがうのだ。けれど、警官が調書を取っている最中も、彼らが反省している様子は微塵もなかった。

「わたし、小さい頃あそこらへんに住んでたんですけど、父が実家の仕事継ぐために引っ越して……でも、ずっと戻りたかったんです。それで、こっちの大学で」

車は波乗り道路を軽快に走っていく。

「えっと……むにゃむにゃさんは……」

「え？」

「ああ～すみません！　名字、なんて読むかわからなくて！」

　ここは正直に告白した。〝雛罌粟港〟。ＬＩＮＥの画面にクイズ番組に出てきそうな難読漢字が表示されて、ひな子は頭を抱えてしまった。

「ひなげし、です」

「え！　これ〝ひなげし〟って読むんだ」

　そう言えば火事のとき、メガネの消防士さんがそう呼んでいた気がする。

「ひなげし、みなと……あ」

「みなと、で大丈夫です。こう、ではないです」

「ちなみにわたしは〝むかいみず〟、です。〝むこうみず〟って、いつも言われるんですけど……」

「そうですね」

　港がクスッと笑う。あ、いいな、その笑い方。

「火事のときはできるだけ下へ逃げたほうがいいですよ」

　そっか。これもちゃんと頭にメモしておこう。

　ふと顔を上げたひな子は、ルームミラーの下でゆらゆら揺れているふたつのキーホルダーの人形に目を留めた。ひとつは海ガメ。彼のＬＩＮＥのアイコンも海ガメだった。

そしてもうひとつは——。

「これ、スナメリですか!?」

「そうです！　シロイルカでなく」

嬉しそうな彼。「やっぱり！」とひな子のテンションも上がる。

ひな子のサーフボードを見たほとんどの人は、スナメリをシロイルカだとカンちがいする。一見すると似ているけれど、実物は体の大きさがずいぶんちがう。スナメリはもっとも小さいクジラの仲間なのだ。

「好きなんですね！　だって車もそんな顔してた」

ちょこんとついたつぶらな瞳といい、白くて丸っこいボディーといい、癒し系のスナメリそっくり。

「わたしもスナメリ大好きなんです！　なんか、バケラッタに似てますよね」

バケラッタは、むかしのアニメに出てくる、金魚鉢を逆さにしたような体型の小さな赤ちゃんオバケだ。「バケラッタ」は正確には名前ではなくて、その赤ちゃんオバケが唯一しゃべることのできる言葉なのだけれど、ひな子の家族はみんなそう呼んでいる。

……ン？　ほんとの名前なんだったっけ。オバケのQ太郎の弟だから……Q次郎？

いかにもクラシックカーって感じのスナメリ車は、六十年前に製造されたフランスの小型大衆車だと港が教えてくれた。

「音楽かけましょうか？　どんなの好きですか？」

さりげなく訊いてくれるところ、さらに好感度アップ。

車は、木更津と川崎を結ぶ東京湾アクアラインを順調に走っていた。

「雛罌粟さんが好きなので」

「ん〜……じゃあ」

港がアダプターでスマホに繋いだカセットをデッキに押し込むと、レトロな音源から爽やかなメロディーが流れてきた。

「あ〜！　なつかしい、この曲！」

ひな子が子どもの頃、一世を風靡（ふうび）した大ヒットソング。男性グループが歌うJ-POPで、海の家でもしょっちゅう流れていた。

「映画で使われて、またよく流れてますよ、この曲」

そうなんだ。好きなものがおんなじって、一気に親近感が湧く。

君が眺めている　水面（みなも）は鮮やかに煌めき
少しずつ色を変えて　光り続けてる
時として運命は　試すような道を指して
僕らは立ち尽くすだけ

でも、その痛み乗り越えたら
That's right
目を開けたその瞬間
始まるよ　Brand new story
その足が踏みだす一歩で　君の道を拓いていこう
約束の場所に行くために……

すっかりリラックスして、気持ちよく歌う。

そんなひな子を見て微笑むと、港も声を合わせて歌いだした。


初心者がテイクオフ（ボードの上に立ち上がる動作）を練習するには、なるべく波の崩れる場所が見極めやすい遠浅な地形がいい。

また、風やうねりの向きによって、波のサイズやコンディションは変わる。

ひな子はゆうベインターネットの天気情報をじっくりチェックし、サーフショップが発信している波画像も吟味して、場所を湘南の海に決めた。地元の九十九里浜は日本屈指のサーフポイントと波数を誇る波のりパラダイスだけれど、この時季は風が強くて天気変化が激しいのだ。

寝不足だったのは、そんなことも一因だったりする。

駐車場に停めた車のルーフに、年季の入ったひな子のショートボードと港の真新しいロングボードが恋人同士のように仲よく並んでいる。

「ボード、買ったんですね」

お手頃なお値段で、寸法も乗りやすさも、ちゃんと調べて買ったものであることがわかる。しかも、スナメリの絵まで！　ひな子のは全身だけど、港のは正面から見た、まさに微笑む天使のようなスナメリの顔の絵だ。

「そのほうが早くうまくなると思って」

サーフキャリアのバンドをバチンバチンと外して、重さ十キロ、長さ二百八十センチはあるボードを軽々と下ろす。筋肉ムキムキのイメージがある消防士さんにしては細身に見えるけれど、やっぱり鍛えてるんだ。

「それに、こうやって車の上にボード積んでみたかったし」

ちょっとミーハーなところも、それを正直に言っちゃうところも好ましい。

平日の春の海は空いていた。冬眠から覚めたサーファーたちがぼちぼちいる程度だ。

よかった、ももから腰程度の、ちょうどいい波が立っている。

黄色いビキニに着替えたひな子が外で待っていると、少しして港が男子更衣室から出てきた。

「おお～フルウエットスーツ」

ひな子は思わず声をあげた。港が着ているのは、手首や足首まで体全体を覆っているジャージ素材の黒いフルスーツ。気合い入ってる！

「カッコいい～～うまくなりますよ！」

ひな子がシャカサインを突き出すと、港は照れくさそうに頭を掻いた。


サーフィンの基本は、なにはさておきパドリングだ。

ボードと体の重心を合わせる基本ポジションを陸でレクチャーしたあと、さっそく海に入ってボードに腹ばいになる。

百聞は一見に如かず、案ずるより産むが易し、だ。

顔を持ち上げてー。遠くを見るようにするとバランスとりやすいんですよー。常にボードが水平になるようにしてー。並んで水を掻きながらパドリングの要領を実践で教える。

「胸をそらして！　漕いで漕いで漕いで！」

効率よくストロークするコツも、港はびっくりするほど呑み込みが早い。

ボードにまたがり、空いているポイントで波を待つ。いよいよテイクオフ、つまり板に立ち上がる練習だ。それには、ピークという波が崩れる場所——白い波が立っている、一番力の強い場所——を探して、うまくキャッチしなければならない。

ひな子がボードにまたがったまま波を見極め、港に指示を出す。

「漕いで漕いで漕いで漕いで、ぐっとえいって立つ!」

「うお!」

「漕いで漕いで! すくっと! ぱっと立って!」

「ああっ」

立ち上がるどころか、その前に海に放り出されること数十回。

港は必死だ。というか半ばムキになって、あっぷあっぷしながら、バタフライのように両手同時にパドルしていく。

「漕いで漕いで漕いで! よし立って! バランス!!」

「うあっ」

ターンが間に合わなかったり、パドルの加速が弱かったり、なかなかピークをつかまえられない。

「よしよし! 立って! いいよいいよ! きっといいよ!」

今度こそ——と思いきや、また波に抜かれて頭から海へドボン。

でも、最初にしては上出来だ。どんなに運動神経のいい人でも、そうそう簡単にはいかない。テイクオフを制する者はサーフィンを制す、と言われるほどなのだ。

お昼近くになって、ふたりはやっと陸に上がった。

「大丈夫ですか？」

ウエットスーツの上半身を脱いで、全身ではあはあ息をしている港の顔を覗き込む。

「ご……午後はっ、もっとっ……頑張りますっ……ぐっはぁ」

港は悔しそうだ。うんうん、気持ちはわかる。せっかく道具をそろえても、波にのれないんじゃ面白くないもんね。

しばらくして息が整うと、港は車から荷物を降ろして、キャンプで使う小型のガスバーナーコンロやケトルなどの道具を取り出した。

「コーヒー淹(い)れます」

湯を沸かしている間に、なんとミルで豆を挽(ひ)き始める。

「そこから!?」

ひな子なんて缶コーヒーか、よくてインスタントだ。

ミルでガリガリするごとに、なんともいえない芳醇(ほうじゅん)な香りがする。

「いいニオイですね～」

ひな子は鼻をクンクンさせた。

「サンドイッチに合うやつをブレンドしてきたんです」

港がペーパードリップに入れたコーヒーにお湯を注ぐと、粉がぶわっと盛り上がった。

「わあ〜!」

「挽きたてですから、よく膨らみますよ。新鮮な粉をドリップすると、炭酸ガスが出るんです」

説明しながら、中心から円を描くように湯を注ぐ。

「難しそ〜」

知識も手つきもプロのバリスタみたい。湯気の立つコーヒーを、港が大きなマグカップに注いで渡してくれる。

ほわあ、やっぱり味わいがインスタントとはぜんっぜんちがう。

港は次に卵を取り出して容器に割り入れると、そこへ出汁(だし)を入れて泡立て器で優しく混ぜ合わせた。

んん、今度はなにを? ひな子の顔に浮かんだ疑問を察してか、港が言った。

「卵サンド作ります」

コンロに卵焼き用のフライパンを載せて、卵液をジャーッと注ぎ込む。周りが泡立ってきたら箸で混ぜて均一に火を通し、その一方で、四枚並べた食パンにマスタード入りマヨネーズを塗るという手際のよさ。

「雛罌粟さんて、なんでもできちゃうんですね。超人？　スーパーマン？」

たった四歳ちがうだけで、人間こんなに差がついちゃうものなの？

卵を二つ折りにしてくるっとひっくり返し、それをパンの上へ。ぷるんとしたぶ厚い卵をパンでサンドして、包丁でサクサク切っていく。

「すごーい」

ひな子はすっかり感心してしまった。わたしのオムライスなんて見せられたもんじゃない。消防士は緊急時に備えて外食はせず、署内にある炊事場で自炊するのだという。

ピーヒョロロロロ〜。

トビが上昇気流に乗って、円を描きながら上空へ舞い上がっていく。さながら空のサーファーって感じ。

ひな子の出る幕なしで、あっという間に分厚い卵サンドが出来上がった。

「いただきまーす」

大きな口を開けてぱくっと頬張ったひな子は、目をみはった。

うっわー、なにこれめちゃくちゃ美味しい！　卵ふわっふわ！　マスタードとの相性もばっちり！

「火事で助けられたときも思ったんです。雛罌粟さんってヒーローみたいだなーって」

もぐもぐしながら言うと、港は「そんなこと」と苦笑した。

「それにおれ、港でいいです。おれも、ひな子って呼びたいし」

えっ。ひな子の顔がみるみる真っ赤に染まる。耳までカッカと熱い。面と向かって、さらりとそんなことを言われたら誰だって……、いや、相手が雛罌粟さんだから、という理由が大であるのは否めない。

――油断大敵。

「うわっ!!」

突然飛んできたトビに油揚げ、ならぬ卵サンドをかっさらわれてしまった。

「やられた~!!」

トビは動くものを狙って後ろから飛びかかる習性があり、鋭い爪でケガをすることもあります――という注意書きの立て看板がすぐ後ろにあったけれど、この日のひな子の目には、港以外のものが入る余地がなかったのだった。

「すいません！　わざわざ波の静かなところまで来てもらったのに」

港がテーブルにがばっと手をつく。

午後の練習でボードに乗るところまでは漕ぎつけたのだが、ついに波には一本ものれないまま終わってしまった。

「失敗しても、また次の波にのればいいんですよ！」

え……と顔を上げた港に、ひな子はにこっと笑いかけた。

「それに、ここまで来たから、こんなステキなお店にも来れたんだし」

港が連れてきてくれたのは『セイレーン』という名前の、老夫婦がふたりで営んでいる海沿いの喫茶店だ。

ここは珈琲(コーヒー)専門店で、ウォータードリップ、ペーパードリップ、ネルドリップ、フレンチプレス……さまざまなコーヒーの淹れ方が選べるんだと、港が熱を入れて解説してくれた（ひな子にはいまいち違いがわからないけど）。

セイレーンって、ギリシャ神話に出てくる海の魔物？　怪物？　美しい歌声で船乗りたちを惑わすっていうアレだよね。看板のマークは翼を生やした女性をデザインしてあって、帆船をイメージした内装の店内には、ゆったりしたクラシック音楽が会話の邪魔にならないよう小さく流れている。このお店ではコーヒーがセイレーンで、船乗りのお客さんたちを魅了するってわけだ。

コーヒーのほかにジンジャーエールやぶどうジュース、梅と昆布のおにぎりセットやハムレタスのフランスサンドなど、時代に流されない素朴なメニューもいい。それらが、運搬用の小型エレベーター――ダムウエイターで運ばれてくるところも。

ふたりは一階を見下ろすことのできる二階席で、看板のマークと同じ焼き印が入った三枚重ねのホットケーキをぺろりと食べ終えたところだ。

「この店、前から気になっていて……」

港は嬉しそうに、吹き抜けになっている一階を見下ろした。

「うん、消火器もちゃんと数あっていいですね」

港はごく自然にそう口にして、「あっ」と恥ずかしそうに肩をすくめた。

まずそこなんだ、目が行くの。ひな子は思わず笑ってしまった。

「なにかあっても、雛罌粟……」と言いかけて止めた。気まずくって目をそらす。彼女でもないのに名前呼びは気恥ずかしいけど……、えいっ。

「……港さんと一緒だと、助けてもらえそう」

「うん、ずっと助けるよ、必ず」

いきなり港が身を乗り出してきて、ひな子は思わず体を引いた。まっすぐな目で見つめられて、また顔が赤くなる。

「そろそろ！　行きましょうか」

ひな子は唐突に立ち上がった。

「あ、はい」

静まれ心臓！　きっと顔はユデダコにちがいない。港を見ないようにしてテーブルに置いてあったトレイにコーヒーカップや水のグラスを載せていると、「おれがやりますよ」と港が近づいてきた。

無理無理無理、こんな至近距離で見つめられたら、心臓破裂しちゃう！

「大丈夫です！」

完全にテンパって、足早にダムウエイターのほうへ食器を運んでいく。

「あ！　ちょっと！」

慌てているような港の声も耳に入らず、ひな子はトレイを突っ込んだ。

手を放した瞬間、トレイがふわっと宙に浮いた感触。

――え、まさか。

「ああ！」

ひな子が中を覗き込むと同時に、ガチャーン！　食器の割れる音が響き渡った。


昇降機が下に降りていたなんて……。

「すみません！」

オーナーの老夫婦に、ひな子は額が膝にくっつくほど深く頭を下げた。

後ろにいる港の顔は見えないけれど、きっとあきれてる。穴があったら入りたい。掘り進んでブラジルまで行っちゃいたい。どうせなら陽気にサンバ踊って忘れちゃいたい。

「いいの、気にしないで。古い手動の機械だから」

エプロン姿の老婦人は、弁償しますと申し出たひな子にそう言ってくれた。

「東京から？」

こちらは白いシャツと黒ベストに蝶ネクタイの、丸メガネをかけた老マスターだ。

千葉です、とひな子が答えると、老婦人は「まぁ〜、そう」と目じりにしわを寄せた。

「じゃあ、うちでやってたやつが店出してるから、よかったら行ってみて」

老マスターがくれたショップカードのアドレスを見ると、ひな子たちの町からそう遠くない。

「そこはもう少し新しい機械になってるから」

老婦人は白髪交じりのポニーテイルを揺らしながら、鷹揚に笑った。

もう一度ふたりして頭を下げ、店を出た。

海にはもう人影はなく、傾きかけた太陽が少しずつ水平線に近づいている。

「いつかおれも、こんな店やれたらいいなぁ」

消防士の仕事も立派にこなしているのに、そんな夢まであるんだ。

「ごめんなさい、慌てちゃって……」

それに引きかえ、わたしはどうしてこう落ち着きがないのか。

　ドジっ娘とかいう、一部の男子が好むレベルじゃない。どっちかっていうと、お魚くわえたドラ猫を裸足で追いかけてくタイプのドジっていうか。ひとりで舞い上がっちゃって、異性に免疫がないのも考えものだ。こんなそそっかしい女、港さんもさっさと置いて帰りたいにちがいない……。

　内心凹みつつ、腰に手を当て潮風に吹かれていると、

「……また、今度」

　港がぼそりと言った。

　今度？　きょとんとしているひな子に、港が向き直る。

「また、波にのったり……あ、おれはまだ波にのれてないけど」

　ちょっと情けなさそうに顔を伏せ、またひな子を見た。

「またこうやってお茶したり……またどっかほかのところに行ったり」

「えっ!!」

　それって。それってそれって、その流れって。

「あのっ……」

　自惚れじゃないよね、また会ってくれるってことだよね!?

「はいっ！」

　再びユデダコになって、よろしくお願いしますとばかりに思いっきり頭を下げる。

穏やかに凪(な)いだ、春の終わりの海。

ふたりの恋は、こんなふうに始まった。

人を好きになるのに、理由はない。

――とは、よく言われることだけれど、港の場合は当てはまらない。

それはもう、揺るぎない、確固たる理由がある。

ひな子の、よく笑うところが好きだ。

海が好きなところ。サーフィンが上手なところ。

表情がくるくる変わる、茶がかった明るい瞳。日焼けした健康的な肌も。

子どもみたいに素直かと思えば、ときどき大胆になる性格も。

「失敗しても、また次の波にのればいいんですよ!」

自然にそんな言葉が出てくる、前向きさと人のよさも。

料理と片づけが下手なところ、それを隠そうとするところ、さらにそれがバレバレなのも可愛い。

ベタ惚れ、ぞっこん、メロメロ? なんとでも。自分でもお手上げだ。

茅ヶ崎以来、港とひな子は毎日連絡を取り合って、時間が合えばデートしている。消防署の屋上からサーフィンしているひな子を見つけたあの日、海がいつもより輝いていたのは、こうなる予兆のようなものだったのかもしれない。

炊事当番で調理場にいた港は、大学にいるひな子から送られてきたメールを見てプッと噴き出した。

さっき、山葵と夜のまかない（ちなみに献立はＢＢＱだ）の仕込みをしている写真を送ったら、友だちと撮った写真を返信してきたのだ。

「誰っすかこれ？」

スマホの画像を覗き込んだ山葵が、けげんな顔をする。

無理もない。顔をキャンバスにして落書きしまくっている女子大生三人の画像は、ピカソの絵以上の破壊力だ。

友だちに挟まれているひな子は、「やられた」って表情をしている。察するに、港のメールを見ながらニヤニヤしているところをふたりに急襲されたのだろう。

メガネっ娘の愛ちゃんと黒髪美人の順ちゃんはひな子の大学のクラスメートで、彼氏のできたひな子をからかうのがふたりの趣味らしい。勉強についていけないと悲鳴をあげながらも、けっこう楽しく大学生活を送っているようだ。

本人は無自覚だけれど、ひな子がいるだけで周囲の人間が明るくなる。

太陽の光を粉にして振りまいているような、そんな女の子に、港は恋をしていた。

季節は、初夏になろうとしていた。

サーファーのメッカと呼ばれる九十九里の海は日ごと暖かくなって、夏を待ちきれない波のりたちが大勢やってくる。

非番の日は、授業が終わったひな子と待ち合わせてサーフィンしにいく。

ひな子の教え方がよかったのか、もともと素質があったのか、たぶんその両方のおかげで、港のサーフィンはめきめき上達した。

ふたりでパドリングしながら、まっすぐ沖へ向かう。

正面から波がきた。ノーズに体重をかけてボードを沈め、波を搔い潜ってやり過ごしてから一気に浮上する。ドルフィンスルーもばっちりだ。

波にのる。小さい波。ボードの前半分へウォーキングして加速する。

顔が風を切って進んでいく、この感覚が港は好きだ。

時おり顔を見せるスナメリが、スーッと水中を滑るように泳いでいく。浜には、もうすぐ海ガメたちが産卵にやってくるだろう。

ひな子は港のことをヒーローみたいだと言ったけど、それはちがう。本当のヒーローは、ひな子なんだ。

港に追いついたひな子が、並走しながらボードに飛び移ってきた。まだ抱きしめたことのない彼女の体から、お日様と潮の香りがする。

――のれたね、波に。

――うん。きみとふたりでね。

タンデムサーフィンしながら、シャカサインで伝え合う。

海面をたゆたうひな子のボードが、陽光を弾いて白く輝いていた。


こうして、ぼくのヒーローは、ぼくの彼女になった。

その意味に、彼女はまるで気づいていないようだけれど。


夏休みに入って、ひな子はお花屋さんでアルバイトを始めた。

サーフィン本番の季節に海なし県の実家に帰省するなんてありえないし、港と離れるなんてもっとありえない。

つき合い始めて三ヵ月、毎日が夢なんじゃないかと思うくらい楽しかった。

もちろんサーフィンばかりしていたわけじゃない。週休日になると、港はバケラッタ号でひな子が喜びそうなところへ連れていってくれた。

一面に咲き乱れるポピー園、雨の日は水族館へ。光を点滅させて飛行機が飛び立つ夜の空港や、色とりどりのイルミネーションと噴水ショーが楽しめるプール&スパ。

ドライブの定番ソングは、初めてふたりでサーフィンに出かけた日に港がかけた曲――『Brand New Story』だ。ひな子と港が繰り返し歌うので、ルームミラーのスナメリと海ガメは、耳にタコができたんじゃないかと思う。

あるときはダブルサイズの絶品ハンバーガーを食べにいったり、あるときはモーターパラグライダーで絶景の空中散歩(!)なんてサプライズデートだったり。

でも、場所なんて本当はどこでもよかった。きれいなものを見てきれいだね、美味しいものを食べて美味しいね、おもしろいね、驚いたね、笑ったねって――そんなふうに、港といろんな気持ちを分かち合えることが、ひな子にはいちばん嬉しい。

その日は、房総半島の先をぐるっと回って、遠浅の砂浜と夕景が美しいと評判の海岸にやってきた。

「早く早く!」

海にまっすぐ延びた木製の桟橋を、ひな子が走っていく。

日の入りまであと少し。水平線が、いまかいまかと太陽を待ち構えている。

桟橋の先端に、ふたりは手を繋いで座った。

夕陽が空を茜色に染め上げていく。正面に見える富士山が少しずつシルエットになって、寄せては返す静かな波音だけが、ひな子と港を包んだ。

お互いの「好き」が溢れて、言葉が波間に消えていく。そんな心の距離とシンクロするみたいに、自然とお互いの指が絡まった。

話さなくていい。

ずっと港と手を繋いでいたい。

水平線に沈む夕陽に見つめられながら、ふたりはどちらからともなく唇を合わせた。

初めて港とキスしたあの瞬間――ひな子はまちがいなく、世界中で一番幸せな女の子だった。


港は金太郎飴みたいに、どこを切っても完璧な彼氏だ。

ひな子にはもったいないだの、港さんを逃したらひな子に次はないだの、順も愛も言いたい放題。そんなの、自分が一番よくわかってる。

でもね、あえて言わせてもらえば、不満がまったくないってわけじゃない。

「花屋のお兄さん、イケメン！」

「ホントだ!!」

ひな子が茎を切り揃えていると、浴衣姿の女の子たちが店に入ってきて港を取り囲んだ。

「いや、客なんで……」

困ったように答える港。正確には、もうすぐバイトが終わる彼女を迎えにきた彼氏です。

「どっから来てるんですか～？」

「わたしたちこれから花火見にいくんですけど、一緒にどうですか～なんて」

これですよ、これ。デートの最中も、ひな子がちょっと目を離すとこんな調子。誘蛾灯(ゆうがとう)なの⁉ ってくらい女の子が寄ってくる。おちおちトイレにも行ってられない。

「今日は別の予定あるんで」

やんわり断る港。正確には彼、これから彼女とサーフィンしにいくんです。

ムッとしつつ仕事に専念していると、ガラスに映った自分の姿が目に入った。

……う～ん、わたし、ちょっとヤバい？

背後に映っている彼女たちは可愛い浴衣を着て、メイクはもちろん、髪もネイルも完璧。きれいになるために、ちゃんと努力してる。そう思うと、履きなれない下駄(げた)で赤くなってる足でさえなんだかいじらしい。

それに引きかえ、わたしときたら……。

紫外線と海水で髪は傷んでるし（お団子頭は苦肉のダメージ防止策）、顔は日焼け止めオンリーのノーメイク。服装はTシャツ＋ショートパンツにサンダルが定番ファッションという女子力の低さ。いくら港が優しいからって、これはない。いまさらながら、女子としてのおのれの怠慢に気づく。

数日後の別の花火大会には、ふたりで浴衣を着て出かけた。

港はストライプ柄の浴衣にハットをかぶって、さりげなくオシャレ。ひな子も、スマホで着付けの動画を観（み）ながら頑張った。さすがに帯は作り帯にしちゃったけど。

好きな人のためにオシャレすること。

好きな人に可愛いって言われること。

それがこんなに心躍ることだったなんて、ひな子はいままで知らなかった。


その夏は文字通りのサーフ天国で、ひな子と港は暇さえあれば海に出かけ、数えきれないくらいの波にのった。

秋の気配が濃くなって、お団子頭の髪を垂らすようになり、水着派のひな子もさすがにそろそろウエットスーツの出番……という頃、港が二十三歳の誕生日を迎えた。

「ハッピーバースデー！」

カラオケボックスにバースデーケーキを持ち込んで、ふたりでお祝いする。

生クリームを波の形にしてサーファーのチョコプレートを載せた特製ケーキは、なんと！　手作りの!!　……と言いたいところだが、ケーキ屋さんで特別に作ってもらった。

もちろん、ひな子のバイト代で。

「じゃじゃーん！」

次に取り出したのは、ビニール製のジャンボスナメリ人形だ。空気を入れて膨らませると、人がふたり入るくらいの大きさになる。

「でか！」

わかっていたけれど、港はすごく喜んでくれた。好きな人が自分のために一生懸命考えてくれた、そのことがどんなに嬉しいか、ひな子も港に教えてもらったから。

スナメリ人形を挟んで記念写真をパチリ。

ふたりのスマホカバーは、港へのもうひとつのプレゼント。ふたつでワンセットになっていて、スマホを横にしてくっつけると、正面から見たスナメリの顔が出来上がる。

ひとりでいてもふたりは一緒——なんて、ちょっと大げさだけど。

カラオケにいつもの曲を入れて、港が弾き語りする。ウクレレを弾けるなんて初耳。つき合って半年、ひな子は港の意外な面もたくさん知った。

サプライズ好きで、負けず嫌いで、ツボに入ると笑いが止まらない。あと、ブロッコリーが苦手。でも負けず嫌いだから、頑張って食べちゃう（笑）。

——港、誕生日おめでとう。

これからも、もっといろんな顔を見せてね。

そしてわたしに、もっといろんな気持ちを教えてね——。

「こうやって」

円いチョコレートケーキの真ん中をスプーンですくって穴を空け、そこにエスプレッソコーヒーを注ぎ込む。

「こうして食べてみて」

くり抜いた部分を頬張りながら、港が言う。

ひと口食べたひな子は、目をみはった。チョコレートの甘さをエスプレッソの苦みがまろやかにして、絶妙のバランスだ。

「ほんと、甘すぎなくておいしい！」

顔を見合わせて微笑み合っていると、

「あんたらが十分甘すぎるわ！」

髪をふたつに結んだダッフルコートの女の子が、テーブルを挟んで苦々しく言い放った。

「うちの妹、口悪くてごめん」

女の子の正体は港の高校二年生の妹で、名前は洋子（ようこ）ちゃん。切れ長の涼しい目元が港にソックリの美少女だ。

「お兄ちゃん、勝手に謝んないで」

その目からトゲトゲ光線が発射される。

「気も強くて」

それは、言われなくてもわかる。セーラー服の上のコートを脱がないのは、喫茶店に長居する気はないっていう意思表示らしい。

「でも、仲よくできそう!」

ひな子は笑って言った。

「はぁ⁉」

「わたしの友だちも口が悪くて、気が強いんだ。サソリの順ちゃんとコブラの愛ちゃん」

三人で写ったスマホの写真を見せると、「なに、そのあだ名」と洋子は眉をしかめた。

「じゃあ洋子は……ヒョウモンダコ?」

港がタコのように口を突き出す。

「タコ⁉」

「小さいけど、唾液に猛毒のテトロドトキシンを含んでるらしい」

タコ口のまま、両手をゆらゆら揺らす港。

「なんでもよく知ってるよねー、あなたのお兄ちゃん」

そんな港をニコニコしながら見つめるひな子。

「……帰る」

あきれ果てた、というように洋子が立ち上がった。

「どんな彼女ができたのか見物しにきただけだし、もうよーくわかったから」

「なにがだよ」

「恋なんて、アホのすることだってね！　ヒョウモンダコの洋子は唾液に猛毒含んでるんで帰ります」

じゃ、と学生鞄を持って帰っていく。

「あ、またねー、洋子ちゃん！」

その背中に両手でバイバイしながら声をかけると、「また!?」と洋子が振り返った。切れ長の目が吊り上がると、けっこうな迫力だ。

「わたし、免疫できたから大丈夫！」

ひな子が明るくシャカサインを突き出すと、

「……もう！」

フンッと鼻を鳴らして洋子は行ってしまった。

「ひな子のそういうとこ、助かる」

ひな子の顔を覗き込んで、港がしみじみ言った。

「あいつ、あんなだから友達なかなかできないみたいで。しばらく学校行ってなかったんだ。でも、やっと最近また行くようになって」

そっか、と微笑む。妹思いの港。きっとすごく心配したんだろうな。

「あんなだけど、仲よくしてやって」

「もちろん！」

嫌々ながらだとしても来てくれたんだし、コーヒーもちゃんと飲み干していった。

それに、ひな子も妹だからわかる。なんだかんだ言っても、洋子ちゃんはお兄ちゃんが大好きなんだって。


ハーフミラーの展望塔が、まるでSFの世界にいるかのような錯覚を起こさせる。

初めてのクリスマスイブ、ふたりは千葉ポートタワーにきていた。

「あっ！」

港と手を繋いで歩いていたひな子が、ぱっと走りだした。

「富士山だ！　富士山見える！」

暮れなずむ東京湾の向こう。夕陽を浴びた峰がオレンジ色に輝いて、神々しいほど美しい。ひな子がスマホで写真をカシャカシャ撮っていると、ふいに音楽が鳴り始めた。

振り向いた次の瞬間、イルミネーションが点灯し、ポートタワーの壁面全体がクリスマスツリーにライトアップされた。

「すごーいっ」

高さ百メートル幅三十メートルという国内最大級の電飾ツリーはクリスマスの人気スポットで、暗くなるにつれ続々とファミリーやカップルがやってくる。

『浪越翔太さんから内田まいさんへのメッセージ。メリークリスマス！』

ふたりが中に入ろうとしていると、タワーからアナウンスが流れだした。

『これからもずっと一緒です。結婚しよう！』

入り口近くにいた男性がひざまずいて、びっくりしている彼女らしき女性に花束を差し出す。なんと、公開プロポーズだ。周囲の人々が拍手で祝福する。

「すごーい、ステキ！」

テンション高めのひな子に対し、「そーお？」と港はそっけない。

「予約しておくと好きなメッセージを流せるんだって。上、昇ろっか？」

次のメッセージ——娘からお母さんへ感謝の言葉が伝えられる中を、スケルトンのエレベーターで一気に百メートルの高さまで昇っていく。

「きれーい！」

葛西臨海公園の大観覧車が見える東京湾、幻想的な千葉港の工場群、宝石をちりばめたような市街地。そこを河のように流れる、電車の灯りと車のランプ。

展望室からの夜景は、想像を上回る美しさでため息が漏れる。

うちのほう見えるかな、などと言いながら移動していたひな子は、急に足を止めた。

「……あら」

壁に『恋人たちの聖地』というプレートがかかっていて、天使のマークがついたハート型のメッセージカードがたくさん貼りつけてある。

恋人たちの名前に、大好き、LOVE、愛してます、そんな短いフレーズが書き添えてある。そのほか恋愛の成就を祈ったり、永遠の愛を誓ったり、中には家内安全や安産祈願など、カードにはさまざまな想いが溢れていた。

「おれたちも書く?」

港が言った。

「えっ、いいよ、なんて書いていいか……」

自分のこととなると、ちょっと気恥ずかしい。

「ひな子は、おれの名前も書けないもんな」

「書けるよ!」

ムキになって言い返すと、港は「じゃ」と後ろからメッセージカードを取り出した。

いつの間に。しかたなくマジックを取って、右半分に『向水ひな子』と書く。そして左側には……。

後ろで港が、「はい？」と促す。むぅぅ。からかってるな。

………………降参。『ひなげし港』と名字だけひらがなで書いた。

「港の名字、難しすぎ」

顔をしかめて振り返ると、

「自分の名字になったらどうすんだよ」

そう言って、横からカードを取って歩いていく。

「……えっ？　なに？」

いまの、どういう意味？　けれど港は知らん顔で、いつもの歌を口笛で吹きながら壁にハート型のカードを仲間入りさせる。

「ねえ！」

「写真は並んでるね」

もう、スルーされたっ。ドキドキさせといて、ずるいんだから。

「はーいステキですよ～、お似合いのカップルですね～」

特設されたフォトポイントで、カメラマンが写真を撮ってくれるらしい。

「バッチグー！　もう一枚撮っときましょー、はい、次の方……」

壁の電飾の天使の羽の前に立つと、羽が生えているように見える。いかにもインスタ映えしそう。でも、うんざりするほど長蛇の列だ。

「ひな子、こっちこっち」

ぼんやり見ていると、港に呼ばれた。

「こっち来て」

電飾の天使の羽が、窓ガラスに映り込んでいる。真ん中に立つと、ふたりに羽が生えた。ほとんどシルエットだけれど、夜景が見えるぶん、本当に空を飛んでいるみたい。

港がカシャッと写真を撮る。

ふと視線を下に向けると、窓際の鉄製の手すりに、ずらーっとハート型の南京錠(ナンキンじょう)がかかっている。これも『恋人たちの聖地』の名物らしく、名前や愛のメッセージが書いてある。

いいなぁ……ひな子が中腰になって見ていると、

「はい」

手品みたいにハート型の南京錠が現れた。

港には、ほんとかなわない。さっきのメッセージカードのときも、わざとあんなふうに言って、ひな子が書きやすいようにしてくれたにちがいない。

ふたりの名前を書いて、一緒に南京錠をつける。

カチリ。

いつかまたここへきて南京錠を外すときは、もしかしたらもしかしてだけど、代わりに左手の薬指に指輪が……なんて妄想に浸っていると、いつの間にか外に白いものがちらついていた。

「雪……！」

妙に冷えると思ったら。今夜は風もないし、積もるかもしれない。

「あー明日、朝バイトだぁ。クリスマスなのに」

どうしても午前中だけ入ってほしいと店長に言われて、断り切れなかったのだ。

「雪が降ったあとはね、サイズ上がった、いい波くるんだ。その波にのれば願いが叶うって伝説もあるんだけど、まだ一度も行けてない……」

「ふうん」

ふたりは手を繋いで、ふわりふわりと舞う綿帽子のような雪をしばらく眺めていた。

雪はしばらく降り続け、一面銀世界のホワイトクリスマスになった。

こんな日にキャンプをしようなんて物好きはほかにいないらしく、真冬のキャンプ場はひな子たちの貸し切りだ。

ここでもやっぱり港はスーパーマンぶりを発揮して、手際よくテントを張り、ガスバーナーでコーヒーを淹れ（もちろんミルで挽いたやつ）、調理器具と食材を出して夕飯の準備に取りかかった。キャンプ道具一式は港のもので、調味料に至るまですべて抜かりない。

メニューはひな子のリクエストした、オムライスだ。

きれいな楕円形のオムレツをチキンライスの上に乗せ、ナイフで縦に裂く。半熟の卵がほんわりとろりと広がった。

「すごーい」

しゃがんで見ていたひな子は、パチパチと手を叩いた。

「どうやったらこんなにうまくのせられるの？」

「外側はしっかり焼きながらも、中はトロトロに」

港は次のオムレツに取りかかった。ホテルのコックさんみたいに、手首を叩いて、くるっとひっくり返す。

「柔軟性があるから、うまくのっかるんだ。ほら。こんな感じ」

言いながら、フライパンの中で転がしてみせる。

「のせてみる？」

「うん！」

のせるだけなら、わたしにだって。箸を添えて、そうっとチキンライスの上へ……やった！

――と、思った瞬間、卵がつるりと滑り落ちる。

「あ！」

「慌てないで、まだだいじょう……ああ」

　フライパンの縁で強引にずり上げようとしたら、オムレツはやっぱり途中で崩れてしまった。


　また雪が降り始めた。吐く息は真っ白だけど、それほど寒さを感じない。

「クリスマスなのに、こんなところでオムライスでいいの？」

「うん。子どもの頃から、ご馳走といえばオムライスだったから」

　それに、今夜のオムライスは赤いケチャップで『Merry X'mas』と書いてあるスペシャルバージョンだ。

「それに……ふたりだけになりたかったし」

　じゃないと、こんなことできない。

「左手じゃ食べにくいでしょ？」と港が笑う。

　ひな子は右手、港は左手で手を繋いでいる。これも、ひな子のリクエスト。

「大丈夫！　練習したんだ。ごはん食べてるときも手を繋いでいられるように。港といるときは、ずっと触っていたい」

「だったら一緒に住む？　おれ実家出るから」

　港がさらりと言う。

「そんなこと言うなら、一緒に住んじゃうよ⁉」

もう、わたしが本気にしちゃったら、どうするつもりなんだろう。

「いいよ。いつ？」

「えっ」

一瞬言葉を失ったけれど、そう、港は冗談でそんなこと言うような人じゃない。

「……ちょっと、それはまだ……」

急に歯切れが悪くなったひな子の手を、言ってみて、というように港の親指が優しくさする。うん、港には聞いてほしい。

「……わたしが、波にのれたら」

真剣なひな子のまなざしの先に、白い結晶がしんしんと降り積もっていく。

「いまは港になんでも頼ってばっかりで……でも、わたしもちゃんと陸でもしっかり地面に足つけて、港みたいに自分でできること見つけたい」

そしていつか、港と対等に向き合えるようになりたい。海とサーフィンのことしか頭になかったひな子が自分の未来を真剣に考えるようになったのも、港のおかげだ。

「ひな子は得意なことがあるから、すぐ見つけられるはずだよ。おれは、なにもできることなかったし」

「イヤミですか」と口を尖らす。だって、港がなにもできないなんて言ったら、わたしなんかどうなっちゃうの。

「……小さい頃、海で溺れて、そのとき助けてもらったこと、よく覚えてて……」

前を向いたまま、港はぽつりぽつり話し始めた。

「おれも強くなりたかったけど、なにやってもうまくいかなくて……、けどある日偶然、孵化(ふか)した海ガメを見たんだ」

「海ガメ？」

「浜に産卵場所の立札あるでしょ？　知らない？」

一宮(いちのみや)海岸の砂浜には、毎年六月から八月中旬にかけて絶滅危惧種であるアカウミガメが産卵にやってくる。九十九里浜一帯は、アカウミガメの産卵スポットなのだ。

産卵から約二ヵ月後、殻を破った子ガメたちは数日から一週間かけて地上に出てくる。中には、砂から脱出できずに死んでしまう子ガメもいるという。

港が初めて孵化した子ガメを見たのは、まだ小学生のとき。海ガメを見守る会のボランティアをしていた祖父と一緒だった。

「うわっ、なに!?」

何十四もの小さなカメが、わらわらと地表に這(は)い出てきた。

誰に教えられたわけでもないのに、子ガメたちは小さな四肢を懸命に動かして海に向かっていく。助けてくれるお母さんガメはいない。何度波にのまれ、何度ひっくり返っても、子ガメたちは生きるために、必死に沖を目指して泳いでいく。

「頑張って海に出ようとする姿見て、おれも頑張らなきゃって思った」

「…………」

「じいちゃんの海岸パトロールについていくようになって、だんだんいまの仕事への道筋が見えてきて……おれも人を助けられる仕事がしたいって、そう思ったんだ」

「……すごいなぁー」

のけぞって倒れそうになったひな子の背を、港がすかさず支えた。

「わたし自分のことで精いっぱいで、人のことまではからっきし。助けられてばっかりだし。港はなんでもかるーく乗り越えちゃうね」

自嘲と、焦りと、羨望と、ちょっぴり嫉妬が声に入り混じる。

「港みたいに完璧な人には、わたしの気持ちなんかわかんないよ。卵ひとつきれいにのっけられない。港から見たらバカみたいでしょ」

こんなの、ただの八つ当たり。しかもクリスマスイブの夜に……。

「おれは、ひな子のようにうまく波にはのれないよ」

けれど港は、いつもみたいに気にするふうもなく微笑んだ。

「陸も海と同じように思えばいい。泳いで、疲れたら休んで、また泳ぐんだ。おれがひな子の港になるよ。休むとき、必要なときは、いつでも呼んで」

そう言ってシャカサインする。

港は、どこまでわたしを甘やかす気なんだろう。彼が優しすぎて、ひな子はいっそ切なくなってしまう。

「……いつまで助けてもらえるのかな」

言いながら、泣き笑いみたいな顔になる。

「十年、二十年、ひな子がおばあさんになっても……」

港の手が、ひな子の冷たい頬をそっと包む。

「ひな子が、ひとりで波にのれるまで……」

そして港は、ひな子にとびっきり優しいキスをくれた。


「♪君が眺めている　水面は鮮やかに煌めき……」

鼻歌を歌いながら、ひな子は木製のプランターを抱えて店の表に出た。

真冬の雪の朝でも、お花屋さんだけは色とりどりの花で溢れている。

ゴージャスなバラやダリア。クリスマスローズとフランネルフラワーは冬の貴婦人のよう。でも、今日の主役はやっぱりポインセチアだ。

——う〜っ、寒い！

かじかんだ手に、はあっと白い息を吹きかける。

早起きも力仕事も苦にならないけど、冬場の水作業だけはツライ。とくに今朝みたいに気温の低い朝は、切り花の水切りなどしているとすぐに指先の感覚がなくなってしまう。

太陽が顔を出した朝焼けの海は、波打ち際でもうもうと湯気が上がっていた。周りの気温より、海のほうが温かいからだ。

そう言えば、朝っぱらからサンタクロースの格好をして水上オートバイを乗り回していた人たちがいたけど、大丈夫かな。今朝は波も大きいし、潮の流れが速くなっているところもあるから、気をつけたほうがいい。

まさかと思うけど、飲酒なんてしてないよね……。

そんなことを考えていると、ＬＩＮＥの着信音が鳴った。

エプロンのポケットからスマホを取り出す。つい一時間ほど前に別れた港からだ。今日は休みだから、家に帰って寝るって言ってなかったっけ。

「ん？……え？　うそ！」

『波にのってくる』

「ひとりで!?　ずる～い！」

思わず大きな声をあげた。血が騒ぐから、ひな子は海のほうを見ないようにしてたくらいなのに！

波をつかまえた港が、内側にカールして立ち上がった波のトンネルをすごいスピードで潜り抜けていく。ボトムターンから波のリップへ。空中へ高くジャンプした港が、朝陽を遮ってシルエットになる——わあ、想像しただけでテンション上がる！

でも、いまの港ならエアリバースくらいやってのけるかも。

陸に上がった港が、体からほかほか湯気を出しながら満足げにため息をつく姿まで浮かんでくる。

いいないいないいないいなあっ！　わたしもチューブライディングしたい！　バイト終わったらソッコー、海に行く！　あと二時間ちょっと、きっと港は待っててくれるはず。

「んっ！」

重たいバケツの植木鉢を抱え上げた。

そのとたん、バガン！　取っ手が取れてドガン！　床に花と土をぶちまけるようにして、バケツが転がっていく。

「ええ～っ……」

それが虫の知らせだったとは、このときのひな子は夢にも思わなかった。

「もお、港〜！　ひとりだけ抜け駆けして〜！」

いったん家に帰ってウエットスーツに着替えたひな子は、自転車を飛ばして海に向かった。

「ん？」

うっすら雪が積もった海岸に、火事のときとはちがう赤い消防車が停まっている。

あれは……救助隊？　救急車と、パトカーも。

その隣りに、バケラッタ号が飼い主を待つ犬のようにぽつんと駐車してある。

どくん。

心臓が重い鼓動を打った。

バケラッタ号の隣りに自転車を停め、サーフボードを抱えて砂浜を歩いていく。

どくん……どくん……どくん。

耳の中に心臓の音が響いてやかましい。

水際に水上オートバイが三台。救助隊員が何人もいる。海上には救助艇が見える。

——あれ、おかしい。ピンボケしたみたいに視界が……。

毛布を被って震えている青年。そのそばにはサンタの格好をした青年がふたり、うなだれるようにして突っ立っている。

早朝から、水上オートバイに乗って遊んでいた三人だ。
――なら、救助隊の人たちは、誰を探しているんだろう……？
こんなに寒いのに、嫌な汗が背中を伝う。
酸素ボンベを背負ったゴムボートのダイバーが、背中から海へ入っていく。
ひな子はふらふらと波打ち際に歩いていった。
ふたつに割れたサーフボードの前方部分が、波にのって行ったり来たりしている。
そこに描かれたスナメリが、ひょうきんな笑顔でひな子を――。
「ひな子さん」
誰の声……？
「ひな子さん!!」
次の瞬間、ひな子の世界は暗転した。

第3章　ダンパー

眠っているのか起きているのか、自分でもよくわからない。最後に物を食べたのはいつだったか。でも、ひな子は少しも空腹を感じない。

まさか自分に、海を見たくないと思う日がくるなんて。それどころか、外に出ようという気力さえない。

太陽から隠れるみたいに、部屋にこもりきりの生活が続いていた。

起きている間は、壊れた映写機みたいに、ひな子の脳内に港との思い出のシーンが延々と投影される。

目をつぶると、自分が観客になって、一編の映画を観ているような気になる。

始まりは、夏の終わり。砂浜を裸足で駆けていくひな子を、港が追いかけていく。抱き合って戯れるふたり、きらめく水しぶき、明るい笑い声。

砂浜は秋になる。海鳥たちにエサをあげているカップルは、ひな子と港だ。

そのまま視点が海へ移ると、ボードの上で寝ているウエットスーツ姿のひな子のそばに港が寄り添い、手を繋いで楽しそうにおしゃべりしている。

キラキラ輝く海面がイルミネーションに変わる。あれは冬のテーマパークだ。

おそろいのニット帽をかぶり、提灯（ちょうちん）が並んでいる園内を、手を繋いで歩いているひな子と港がいる。

歩きながらキスしてくる港。恥ずかしがって手で防御するひな子、隙を見てまたひな子にチュッとする港。砂糖菓子のように甘い恋人たちの時間が流れていく。

ラストシーンはひな子の誕生日の翌朝、朝陽を浴びたシーツの中だ。

——好きだよ。

上からひな子を覗き込む港の瞳が、愛（いと）おしそうにささやく。

——わたしも。

両手で港の頬を撫（な）でるひな子に、港が何度もキスをする。

でも、この映画にエンディングはない。きっと永遠に。

重なった唇の感触も肌のぬくもりも、あの朝の幸せで満ち足りた気持ちさえ、いまはぜんぶ絵空事のように思えてしまう。

港のことなら、もうなんでも知ってると思っていたのに。

完璧な港がたったひとつ、泳ぎが苦手だったなんて——。

港はどこへ行ってしまったんだろう。本当にいたのかな。彼はひな子が頭の中で作り出した、架空のヒーローなのかもしれない……。

もう涸れ果てたと思っていた涙が、目の奥からじんわりと湧き出てくる。石油か温泉なら役にも立つけど、涙がプール一杯流れ出ても胸の痛みは少しもなくならない。

と、テーブルの上に放ったままのスマホが鳴りだした。

『ただいま電話に出られないか、電波の届かない場所にいます。ご用の方は、ピーッという発信音のあとにお話しください』

二度のコールのあと、自動音声がひな子の代わりに答えてくれる。

ひな子は段ボールの谷間に膝を立てて座り、わしゃわしゃと頭を掻きむしった。

ピーッ。電話が留守電に切り替わる。

『もしもし、ひな子？』

お母さんだ。

『……大丈夫？　落ち着いたら、電話ちょうだいね。待ってるから』

お正月も帰らなかったひな子のことを、家族はみんな心配している。でも、いまのひな子には、それすらも鬱陶しい。

裸足の足の親指をこすり合わせる。

十六日午後二時四十二分です。スマホはメッセージを録音しただけでなく、ご丁寧にも電話がかかってきた日時を告げる。

……十六日？　何月の十六日だろう。

あの日から、ひな子の時計の針は止まったままだ。


『おにいさん　くまちゃん　たすけてくれてありがとう　よし川ゆうき』

署の事務室で、港宛てにきた手紙を読んだ山葵はスンと鼻をすすった。

拙い字で書かれた手紙は、ひな子が住んでいたマンションの火災のとき、港がベランダから救助したくまのぬいぐるみの持ち主からだ。

手紙には、ちょっと焼け焦げた友だちを大事そうに抱えて笑っている写真と、子ども向けの職業体験型テーマパークだろうか、消防士の格好をして、真剣な顔でホースを握っている女の子の写真が添えられていた。

そっか……きみにとっても、先輩はヒーローだったんだね。

山葵は少し微笑んで、誰もいない机のほうを見た。

机の上には花が飾られ、飲み物やお菓子が所狭しと供えられている。海ガメの小さなぬいぐるみは、山葵が買ってきたものだ。

写真立ての中では、防火服を身につけた港がピシッと敬礼している。男の山葵でも惚れ惚れするほどカッコいい。

……先輩がもうこの世にいないなんて、いまもまだ信じられない。

消防士は死と隣り合わせの仕事だ。危険な現場で、人を救出するために自分の命をかけることもある。もちろん自分にも、その覚悟はある。でも……。

「こんにちわー」

ふいに戸口で声がした。

「あ……」

ダッフルコートにセーラー服姿の洋子が、戸口から顔を覗かせていた。

ピンポーン。

玄関のチャイムを洋子が鳴らす。応答なし。

ピンポーン、ピンポーン。

再びチャイム。応答なし。

ピポピポピポピポピンポーン。

洋子は執拗(しつよう)にチャイムを鳴らし続ける。ドアが開くまで絶対に帰らない、そんな鳴らし方だ。山葵は段ボール箱を抱えて、そんな洋子の後ろに立っていた。

ドンドンドン！　しびれを切らした洋子がドアをノックする。

「すみませーん！　いますよね!?　開けてください！」

　しばらくして、ようやくドアが開いた。

　憔悴したひな子の顔が、現れた。山葵がひな子に会うのは、クリスマスの日、彼女が砂浜で気を失ったとき以来だ。

　あまり食べていないのだろうか、ひな子は足がふらふらしている。

「すみません、突然、お邪魔して……」

　部屋に通された山葵は、恐縮して言った。

「今度は、海から離れたんですね」

　ここは、ひな子が新しく引っ越した川沿いのマンションだ。

「……ここなら、海を見なくていいと思って」

「あ……」

　うかつだった。わざわざ亡くなった恋人を思い出させるようなことを……。

　が、山葵の隣りに座った洋子は憮然とした顔で段ボール箱を開くと、容赦なく言った。

「これ、お兄ちゃんが署に置いてた私物。なにかいるものある？」

　一番上に置いてあったものを目にした瞬間、ひな子の顔が歪んだ。

　空気を抜いて畳んだ、スナメリのビニール人形。たしか先輩が、誕生日にひな子さんにもらったんだと言っていた。

「す……すみません、いきなりこんなもの持ってきて……いろいろ思い出しちゃいますよね……」

大切な人を失った痛みは同じだ。山葵の目からボロボロ涙がこぼれ落ちる。

「なに人んちで泣いてんのよ」

年下の、それも港の妹の洋子から諌められても涙は止まらない。

「……だって、まさか先輩を……捜索することになるなんて……」

クリスマスの朝、港はひとりでサーフィンを楽しんでいた。

水上オートバイの青年の話によると、大きな波のチューブを抜けたり、波のてっぺんでくるっとターンを決めたり、素人目にもすごいライディングだったという。

仲間の水上オートバイが転覆したとき、港は浜に上がっていたが、悲鳴と助けを呼ぶ声を聞きつけ、ボードを抱えて海に駆け戻っていった。

青年たちは地元の人間だ。波に呑まれたら、方向もわからなくなるほど巻き込まれてしまうくらいの知識はあるから、とても海に潜る勇気はない。しかも、前夜に大量のアルコールを摂取したまま、彼らは海に出ていた。

港はためらいなく海の中に飛び込んだ。水難救助の訓練はあまり得意じゃなかったけれど、消防士は、どんな場面においても人のために行動することが使命だ。

そしてほとんど気を失いかけていた青年を救出し、自分のボードに乗せて岸に戻る途中で——。

「誰かを助けて亡くなるなんて、先輩らしいっていうか……」

「……ちがう！」

強い口調で、ひな子が山葵を遮った。

「わたしが……雪が降ったあとは、いい波がくるなんて言ったから……」

「やめてよ」と洋子がぴしゃりと制する。

「そんなこと言ったって、お兄ちゃんは戻ってこないんだから」

その言葉に打ちのめされたように、ひな子はうつむいてしまった。

「……ごめん……なさい……ごめん……」

「これ、お兄ちゃんの携帯」

洋子は怒ったような顔で、港のスマホを段ボールの上に置いた。

「みんな置いてくから、捨ててもいい。全部捨てちゃっていいから」

「洋子ちゃん……」

そばで山葵はハラハラしたが、洋子は
「そのほうがいいから！」

と顔を上げられないひな子のつむじに投げつけるように言い、立ち上がって出ていく。

「あの、これ、ぼくの連絡先です。なにか力になれることがあったら、ここに」

裏に携帯番号を書いた名刺を置くと、山葵は洋子を追いかけて部屋を出ていった。

ふたりが帰ってしまうと、部屋は再び静かになった。

港のスマホに手を伸ばし、そっと表面を撫でた。彼の手のぬくもりが残っているはずもなく、つるりとした冷たい感触がする。

持ち上げて裏返すと、スマホカバーの顔半分のスナメリが笑っている。

「これ、波の状態がわかるアプリ」

いつだったか、港に教えてもらったことがあった。

「そんなのあるんだ」

見ると、スマホの画面に周辺のポイントと波の情報が表示されている。なるほど便利。どこへ行けばいい波がきているか、一目瞭然だ。

「ひな子の携帯にも入れといてやるよ」

ひな子の肩に手を回して、ちょっと得意そうに言ってたっけ……。

港のスマホを置いて、自分のスマホから電話をかけてみる。すぐに反応して、着信音が鳴った。

プルルル――ブツッ。

ひな子？　いつも港は優しく名前を呼ぶ。
『ただいま手が離せないか、電波の届かない場所におります』
代わりに、留守電のそっけない声が返ってきた。
なんで？　なんで？　猛烈に腹が立って、ひな子は自分のスマホを高く持ち上げた。
『ご用の方は、ピーッという発信音のあとにご用件を……』
思い止（とど）まって手を下ろし、スマホに向かって怒鳴る。
「手離して電波の届くところにいてよ‼　ずっとそばにいるって言ったのに‼」
どんなに声を張り上げても、港に届くことはない。

すぐ隣りで、誰かがテイクオフした。
ウエットスーツの背中しか見えない。でも、あの後ろ姿は——。
「……港？」
呼びかけた瞬間、その姿が波間に消えてハッと目が覚める。
ひな子は、ぼんやりと自分の部屋の天井を見上げた。うたた寝していたらしい。
現実に帰りたくなかった。もう少し夢を見させてくれたっていいのに……。
広げたスナメリのビニール人形の上に寝ていた。
ボールペン。スリッパ。U字型枕。歯ブラシ。着替えのワイシャツ、靴下。本、CD、ファイル、マグカップ。周囲には、段ボールから出した港の遺品が散らばっている。

だから、あんな夢を見たのかもしれない。

ひな子は体を丸め、息を吐き出した。胸がぺちゃんこに潰れそうだ。

……どうしてなの？　どうして港だったの。港がなにをしたっていうの……。

いつまでも学校を休むわけにはいかず、ひな子は体を引きずるようにして大学に通った。

けれど授業はうわの空で、港のスマホを片時も手放せないでいる。

「ほら、食べて」

学食にいると、順ちゃんが卵のサンドイッチを買ってきてくれた。

茅ヶ崎の海岸で、港が作ってくれたあの卵サンドは、もう一生食べられないんだ。

「はい、コーヒーも」

愛ちゃんが湯気の立っている紙コップを置く。

いい香りがする。美味しかったなぁ、港が淹れてくれるコーヒーは……。

ふたりの優しさと相まって、じわりと涙が滲んだ。

「あ、ちょっと」

愛ちゃんがハンカチを差し出す。以前、港と行った水族館のお土産にひな子がふたりにあげたもので、スナメリの刺繍がしてある。バケラッタ号のルームミラーで揺れていたスナメリがまぶたに浮かび、とうとう涙腺が決壊した。

「うっ……ううっ……」

「……そっか。なに見ても思い出しちゃうか」

順ちゃんがいたわるようにひな子の頭を抱き寄せる。

「……ごめん……」

「いいって」

「しかたない」

事故を知ってから、ふたりともひな子に毎日メールをくれた。おはよう、とか、食べてる？　とか、短い言葉を日に何度も。生存確認の意味もあったんだろうけれど、ふたりのメールがなかったら、ひな子は本物の抜け殻になっていたかもしれない。

「……順ちゃんも愛ちゃんも優しい……。いつもバカップルとか、浮かれポンチとか、リア充爆発しろとか言ってたのに……」

「すまん」

「口が悪くて」

右側に愛ちゃんの、左側に順ちゃんの体温を感じる。温かいなぁ。生きてるって温かい。

「それ」

「彼氏の……？」

ひな子が手に持っているスマホを見て、ふたりが言う。

「ロックがかかってて、見れないの……」

ひとつだけ、気になっていることがあった。

「……いつも一緒だったのに……あの日、なんで徹夜明けにひとりで海に行っちゃったのか……知りたい」

その疑問だけが、いまのひな子を動かしていると言ってよかった。

水槽の中を、わずか十センチほどの小さなタコが泳いでいる。

と、茶色だった体が明るい黄色に変化して、青い輪っかの模様が浮かんだ。

「こーれかーぁ。ヒョウモンダコ」

洋子は興味津々で水槽を覗き込んでいる。刺激を受けると体に浮き出る模様がヒョウ柄に見えるので、ヒョウモンダコというらしい。

土曜日の午後、ひな子は洋子を誘って水族館にきていた。

「それで、洋子ちゃんの誕生日は？」

港のスマホを手に持って後ろに立ち、訊いた。

「二月三日」

０２０３と入力してみる。ダメだ、ちがった。

「兄キ、あたしの誕生日なんて覚えてないよ」

「海の日って？」

「毎年ちがうでしょ」

そっか。

「防災の日は？」

「九月一日」

０９０１。これもハズレ。やっぱりロックは解けない。

たくさん並んだ筒状の水槽の中で、さまざまな種類のクラゲたちが優雅にゆらゆら漂っている。

「誰の誕生日でもないし……火事の日でも、サーフィンに行った日でも、あの日でもこの日でもない」

思いつくかぎり試してみて、洋子ちゃんが最後の頼みの綱だったのに。

ふと、洋子が立ち止まって振り返った。

「山葵に訊いてみる?」

「え?」

「会ったでしょ? むこうみずさんちに段ボール運んだ人」

「川村さん?」

もらった名刺の下の名前、わさび、って読むんだ。みんな漢字難しすぎ……。

「ちなみに、わたし、むかいみず」

聞いているのかどうか、洋子は構わず言った。

「呼び出してお茶でもしよ。今日は非番のはずだよ」


「ここ、前に来たとこだね」

洋子が言った。珈琲専門店『セイレーン』。そう、初めて洋子と顔を合わせたのも、このお店だった。ただし、こっちは千葉店のほうだ。

ドアを開けて入ると、正面に新式のダムウエイターがある。

「茅ヶ崎に本店あるんだって」

港が教えたのだろうか、洋子はそう言いながら、山葵の待つ二階席へ上がっていく。

もちろん、知っている。

——いつかおれも、こんな店やれたらいいなぁ。

海を見ながら、港はひな子に夢を教えてくれた。叶うことのなかった夢。

――いろんな淹れ方が楽しめるんだよ。

――ほんとだ。わたしイチゴソーダ！

ひな子の注文が想定外だったらしく、港はガクッとしてたっけ。

でも今日は、ちゃんとコーヒーをオーダーした。茶色い液体の表面に、涙ぐむ自分の顔が映っている。

「あ」

ひな子はハッと我に返った。ダムウエイターにみんなの分のコーヒーを取りにきて、そのまま回想に浸っていたらしい。

「お待たせ……あっ！」

慌てて運ぼうとしたら、うっかりトレイを落としてしまった。

「なにやってんのよ！」「大丈夫ですか？」洋子と山葵の声が同時に飛んでくる。

「ごめんなさい！」

「そのまま！　フキンもらってきます！」

山葵が階下へ駆け下りていく。

茅ヶ崎店のダムウエイターに、トレイごと食器を落っことしたことを思い出した。

――港。わたし、ちっとも成長してないよ。こんなんじゃ、おばあさんになってもなんにも見つけられないよ……。

山葵が新しく注文してくれたコーヒーに、またぞめそした自分の顔が映る。

「その目！　コーヒーがまずくなる」

うつむいているひな子を、洋子が鬱陶しそうに見やる。

「……ごめん。わたし、こんな泣き虫じゃなかったのに」

「虫なんか殺虫剤で駆除してよ！」

「洋子ちゃん」ストップ。山葵が目でたしなめる。

「口が悪くてすみません」

「まぁ、それはそれでいいよ。洋子ちゃんは洋子ちゃんで」

思いがけない言葉だったのか、洋子は山葵を見てちょっと顔を赤くした。

けっきょく山葵にも、パスワードの心当たりはなかった。

なぜあの朝、港はひとりで波にのったのか——ひな子の疑問は、港のスマホの中に永遠にロックされてしまうのかもしれない。

そのとき、ひな子はハッとして店内のＢＧＭに耳を澄ませた。

「あ、この曲……」

山葵も気づいたようだ。先輩がよく口ずさんでいた歌だと。

「♪水面は鮮やかに煌めき」

思わず小声で歌っていると、なぜかひな子のグラスの水がゴポゴポと泡立った。……炭酸水じゃなかったはずだけど。

「♪少しずつ色……」

そのときだ。水の波紋の中から突然、港の姿が現れた。

「⁉」

顔を近づけて、まじまじと見る。あんまり港のことばっかり考えているから、幻が見えているのかもしれない。

グラスを手に取り、すぐ目の前に持ってきてパチパチ瞬きしてみた。

やっぱり見える。シャカサインして笑っている、港が――。

「……港……？」

水中にはふさわしくないけれど、白いシャツとジーパンは港が好きだった組み合わせだ。

急に奇怪な言動を始めたひな子を、洋子と山葵がけげんそうに見ている。

「ひな子……さん？」

山葵がおずおずと声をかけてきた。

「港が……いた」

つぶやくように、言った。グラスの水の中にいると言ったら、ふたりはひな子の頭がおかしくなったと思うだろうか。

「なに言ってんの？　ちょっと、大丈夫⁉」

案の定、洋子がひな子の肩を激しく揺する。

「あっ！」

その勢いで手からグラスが落ち、水がこぼれてテーブルの上を流れていく。水の中の港も、シャカサインしたまま流されて消えていった。

「港……」

呆然（ぼうぜん）としているひな子に、洋子が厳しく叱咤（しった）を浴びせる。

「あのね！　いい⁉　お兄ちゃんはもう戻ってこないんだから。いいかげん、受け入れなよ‼」

言葉の矢が胸にズンズン刺さった。洋子ちゃんの言うとおりだ。妹の洋子ちゃんが気丈にしているのに、年上の自分はこんな幻覚まで見て情けない……。

ひな子はしばらくうつむいていたが、いたたまれずに店を飛び出した。

段ボールと段ボールの隙間が、部屋にいるときのひな子の定位置になってしまった。

少し落ち着いて、さっきのことを反芻してみる。

幻覚……だったのかなぁ。幻覚って、あんなにリアルなものなの？

片目をつぶり、三分の一ほど飲んだペットボトルの水をかざしてみる。けれど透明の水は、部屋に射し込む太陽の光でキラキラしているだけだ。

——出てきて、港。

ペットボトルに向かい、シャカサインしてニカッ。

……けれど、港は現れなかった。


翌朝、外はざあざあ降りの雨で、ひな子はバス停で大学行きのバスを待っていた。

いつだったか、こんな雨降りの日、港と相合傘で歩いたことを思い出す。

港はそのときも、あの歌をうたっていた。

「♪君が眺めている　水面は鮮やかに煌めき」

心だけが過去にタイムトラベルして、港と肩を並べて歩きながら一緒に歌う。

「♪少しずつ色を変えて　光り続けてる」

幸せな空想の世界に浸っていたひな子の目の前で、スピードを出して走ってきたトラックが大きく泥水を撥ね上げた。

「♪時として運命は　試すような道を……え？」

次の瞬間、奇妙な現象が起きた。ひな子にかかるはずだった泥水が、まるでひな子を避けるみたいにチューブの形になったのだ。

そして――ほんの一瞬だったけれど、水のチューブの壁にシャカサインしている港が見えた。

……いったい、なにが起きてるの？

現実に戻ったひな子は、突っ立ったまま呆然とした。

大学に着いても、ひな子は不思議な現象のことばかり考え続けていた。

ハンカチで手を拭きながら、ぼんやりとトイレの鏡に映った自分の顔を見る。

「なんで、水の中に……」

もう一度、蛇口の下に手を出す。すぐにセンサーが反応して水が出てきた。

どうやったら、港は出てきてくれるんだろう。

「あの歌を、うたったら……」

ふと思い当たる。珈琲店のときも、さっきも、ひな子はあの歌をうたっていた。

おそるおそる歌ってみる。

「♪君が眺めている……っ!?」

水を受けているてのひらに、港の笑顔がぷかりと浮かぶ。

「えっ⁉」

思わず手を引っ込めると、シンクに溜まった水の中で港が両手でシャカサインしている。

ひな子が啞然としている間に、港は排水口に流されていった。

これはもう、自分ひとりの胸には抱えきれない。

「……あのさ」

頼れるのは、ふたりの友だ。

「なに？」と順ちゃん。

「わたし、おかしい？」

うつむいて歩きながら訊いてみる。順ちゃんの真っ青な口紅のことは、この際ふれないでおく。

「頭が？　顔が？」

愛ちゃんの毒舌も、この際スルーする。

「幻覚が見えるって……ヘンだよね？」

「ヘンな薬飲んでないよね」

「それヤバい。もともとヘンなのに！」

ふたりとも、もうちょっと歯に衣着せようよ。せめてオブラートに包もうよ。

「薬とかはないけど……見えるの。水中に……港が」

ひな子はそう言うと、突然大声で歌いだした。

「♪君が眺めている　水面は」

ダッと駆けだし、構内の池の岸に飛び降りる。覗き込むと、やっぱりいた！

「港！」

ひな子の呼ぶ声に応えるように、水中でシャカサインする港。

「ほら、こっちに向かってシャカサインしてるよ！」

慌てて追いかけてきたふたりに、水の中の港を指さす。

「……やっぱおかしいかも……」

ぎゅっとひな子をハグする順ちゃん。

「しばらく実家に戻ったら？　ムリしないほうがいいよ、ひな子」

目に憐れみを浮かべて、ポンとひな子の肩を叩く愛ちゃん。

……まあ、それがふつうの反応だよね。

　翌日も雨だった。

傘を忘れたひな子は、鼻歌をうたいながら雨の中を図書館へ急いでいた。本人は気づいているのかいないのか、ひな子が濡れないように雨粒が避けていく。

新しく出来た図書館はアトリウムになっていて、晴れた日は青空が見えるけれど、今日は一面の灰色だ。天井のガラスに落ちる雨の滴が、せっせと水玉模様を作り続ける。

ひな子は小さく鼻歌をうたいながら、心霊関係の本が並ぶ書架から地縛霊の本を抜き出した。

――なになに。地縛霊とは、自分の死を受け入れられなかったり、死んだことを理解できなかったりして、特定の場所から離れられずにいる霊のこと……。

港が地縛霊だとしたら、「水」に縛られているということなのかな？

ふと天井を見上げると、ガラスの水滴の中に小さい港が現れた。アッと思う間もなく、まるで意思を持っているかのように水滴が集まって『ひなこ』という水文字が出来上がる。

「は！」

近くにいた順ちゃんと愛ちゃんに急いで天井を指さす。

「これっ、これっ、見て見てっ！」

けれどふたりが見上げると同時に、雨の文字は流れてなくなってしまった。

喫茶店。バス停。トイレの手洗い場。池。図書館。もう疑いようがない。

「絶対、港だって。絶対……」

あの歌をうたえば、水の中に必ず港が現れる。

ひな子は欄干のない橋の上にしゃがみ、ぽーんと小石を放り投げた。水位の低い川に波紋ができて、小石が沈んでいく。

「ユーレイ？　成仏できてないってことかな？　水で死んだから……水の中に出てくる……とか？」

ひな子は立ち上がってハーッと息を吐き、橋の上から川を覗き込んだ。

――きっと、港は出てきてくれる。

歌う前にふと思いつき、ひな子はスマホを取り出した。カメラアプリを起動させて、ビデオモードにする。

「……いまわたし、心霊写真撮ろうとしてる？」

自分にツッコミつつ、歌いだす。

「♪君が眺めている　水面は鮮やかに煌めき」

たちまち川の水がボコボコと泡を立て、水紋の中に港が現れた。

「あっ！」

ど、動画動画！　慌ててスマホを持った手を川のほうへ突き出す。

「えっ⁉　ああっ！」

手が滑ってスマホがポチャンと川に落ちた。

そのときだ。川の水が四角い塔のようにせり上がってきて、「どうぞ」というように、スマホをひな子に差し出すではないか！

おそるおそるスマホを取ると、水はバシャンと戻っていった。

「♪君が眺めている　水面は」

歌いながら一歩、足を空中へ踏み出す。と同時に水がせり上がってきて足を支える。ぐっと体重をかけてみた。けれど水中から押し返される力で足は沈まない。

いったん足を戻して歌うのをやめ、急にかがんで強めに歌う。

「♪鮮やかに煌めき！」

水がすかさずせり上がる。意志を持っているとしか、考えられない。

……よし、決めた。

しれっと反対側に歩いていくと、いきなり回れ右して猛ダッシュ、歌いながら大きくジャーーーンプ！

「♪君が眺めている　水面は鮮やかに煌めき」

手足をバタバタさせながら落ちていく。最悪、骨折くらいで済みますように！

しかし次の瞬間、川の水が大きくせり上がってひな子を受け止めた。

ドボーン!!

水の中。小さな泡を立てながら浮き上がっていくひな子の目の前に、夢にまで見たあの笑顔が――。

「港！」

ひな子が手を伸ばす。

港もひな子に手を伸ばす。

触れ合うことはできない。けれど、すぐそこに愛しい人がいる。

水面から顔を出すと、どんどん水位が下がってくるぶしまでになった。

港は、水の中からは出られないらしい。

「どうして……？」

真っ先に浮かんだ言葉を、そのまま口に出す。

「ずっとひな子のこと、助けるって約束したろ？」

港はくぐもった声で言い、ひな子の足元の水の中からシャカサインを作ってニカッと笑った。

第4章　チューブライディング

心霊現象？　怪奇現象？　超常現象？

なんでもいい。なんだっていい。港がそこにいる。

「港……」

バスタオルを頭から被（かぶ）って、水の入ったガラスのコップに話しかける。

「ひな子」

水中にゆらゆら浮かんでいる港が答える。水を伝わった声は少し震えて聞こえるけれど、いつもの柔らかい港の声だ。

「……なんかヘンな感じ」

「だよな」

体の大きさは水の量によって変わるようで、いまはコップの中に収まるサイズ。港のミニチュア版といったところ。

「なんで？　成仏……できなかったってこと？」

「そう、なるのかな……」と港が首をかしげる。

「心残りがあったから？」

「おれの願いが叶ったのかも」

そう言って、コップの中から部屋の中を見回す。

「……引っ越ししたんだよな」

「え、うん」

「のってないの？」

港がなにを見つけたのか、気づいた。段ボールの間に無造作に立てかけてある、放置されたままのサーフボード——。

「……海見るの、つらくて」

ひな子はちょっと顔を伏せた。

「ごめん……おれのせいか」

「いやそんな！」と明るい顔を作ってコップに近づける。

「やめよ。せっかくまた会えたんだから。夢みたい。また港と会えて話ができるなんて」

港の夢を見て目覚め、何度目が腫れるまで泣いたことか……でも、これは夢じゃない。

「港、歌えば水の中に出てきてくれるんだよね？」

「おれもよくわかんないんだけど……必要なときはいつでも呼んで」

笑ってシャカサインする。

こんな奇跡ってあるんだ。世界中の神様仏様ありがとう！

クリスマス以来、初めて笑った気がする。不思議と体にも力が漲(みなぎ)ってきた。

「あっ、洋子ちゃんは元気だよ。山葵さんも」

「うん。ちょっと見えた」

「ふたりには港のこと見えなかったみたい。見えるのは、わたしだけなのかな？」

港に会えたら、ふたりともどんなに喜ぶか。

「ひな子に見えるんだったら、それだけで十分だよ」

「うん……。あっ、そうだ」

気になっていたことを思い出して、ひな子は港のスマホをコップの前に突き出した。

「暗証番号教えて！」

「今さらおれの携帯見て、どうすんだよ？」

「あの日、どうして黙ってひとりで波のりに行ったのか知りたい」

「……それは……」

港は急に言い淀(よど)み、さりげなく視線を斜め下方にそらせた。

「こっそり練習して、ひな子をびっくりさせたかったから」

「……ほんとに？」

なんだか怪しい。だって港、視線をそらせたままこっちを見ようとしない。

「ほんとだよ」

ちょっとムキになってひな子を見る港。ますます怪しい。

「おれはひな子を人の携帯勝手に見るような彼女に育てた覚えはないぞ」

最後には腰に手を当て、えらそうに言い放つ。

「けちーっ」

と、髪の先から、滴がポトンと垂れた。そう言えば、川で水浴びしたままだ。もうすぐ三月とはいえ、港とちがって生身のひな子は風邪をひいてしまう。

「わたし濡れちゃったから、お風呂入ってくるね」

椅子代わりにしていた段ボールから立ち上がる。

「そこにいてね！」

途中で立ち止まって振り返り、港に言い置いてからバスルームに入った。

浴槽にお湯を溜めて、体を沈める。冷たく強ばっていた肌が柔らかくほどけていく。

でも、なんだかくすぐったいような気分。部屋に港がいるなんて。

「……なにこれ……港と一緒に暮らしてる……？」

自分の言葉に照れて頰に両手を当てる。

「同棲？　結婚？　雛罌粟ひな子？」

えへへへっ。楽しくなってきて、気分よく歌いだす。

「♪きみが眺めている　水面は鮮やかにきらめき……」

そのとき、浴槽の湯がバシャッと音を立てた。

「……えっ」

脚の間からぶくぶくと泡が立ち、そこから港が――。

「いやーっ！　ヘンタイ!!」

胸元を両手で隠して浴槽を飛び出す。

「ごめん！　でも歌うから……」

お湯の中で港が困惑顔になった。

――そうでした。ひな子のいつものうっかりだ。

「ごめん、突然だったから。……ダメじゃないけど」

恋人だもの。……なのに、ヘンタイはないよね。

翌日、ひな子は大きなスーパーマーケットに行き、透明の携帯用ボトルを買った。

これで外でも港と一緒にいられる。

水を入れたボトルの紐を斜め掛けにし、鼻歌をうたいながら自転車を漕いでいると、消防署の前を通りかかった。

「港、見て。消火の訓練してる」

自転車を停め、ボトルを持ち上げて訓練の様子を見せてやる。

そう言えば引っ越してきたばかりの頃、放水訓練中のホースの水をかぶったことがあった。かつての同僚たちがきびきび動き回るのを、港は懐かしそうに見ている。

「……本当に消防士の仕事が好きだったんだね」

「うん」

港が消防士じゃなかったら、死ぬことはなかったのかもしれない。……ううん、タラレバなんて意味ない。立派な消防士の港を、ひな子は好きになったのだから。

と、ひとりだけ、ぼうっとこちらを見ている消防士さんがいる。

「あれ……山葵さん？」

ひな子がぺこりと頭を下げると、山葵も慌てて会釈を返してきた。

モノクロだった景色は色を取り戻し、世界はまた輝き始めた。

ふたりの幸せな思い出をもう一度取り戻すように、ひな子はボトルの港を連れてあちこちに出かけた。

まずは、茅ヶ崎の『セイレーン』へ。

ボトルに向かって楽しそうに話しながらホットケーキを食べるひな子を、ほかの客がヘンな目で見る。でもそんなの、ちっとも気にならない。

初めて港とキスした、木の桟橋へも。

港は黙ったまま、ボトルの中から海に沈む夕陽を見つめている。

きっと、いろんな思いが胸を去来しているにちがいない。言葉をかける代わりに、ひな子はそっとボトルに手を添えた。

ポートタワーにも行った。

ボトルを頭の上に乗せ、クリスマスイブのときと同じように窓ガラスに映った天使の羽の写真を撮る。ふたりでかけたハート型の南京錠も、ちゃんとそこにあった。

以前とまったく同じとはいかない。でも港の顔を見て、声を聞き、おしゃべりできる。港のいなかった日々を思えば、それだけでも十分幸せだ。

ただ少しだけ欲を言うと、まったく感触を感じられないのが寂しい。実体がないのだから、しかたがないのだけれど……。

帰り道、手を繋いで歩いているカップルを見かけて、ひな子はいいことを思いついた。

家に帰るやいなや、スナメリのビニール人形にホースをつないで水を注入する。ビニール人形が水で膨らんでいくのをワクワクしながら見守り、歌をうたうとスナメリの中に等身大の港が現れた。

「やったぁ！」

ジャンプして港スナメリに抱きつく。もちろん感触も肌ざわりもちがうけど、ボトルのミニチュア港より、ずっとリアルに感じられる。

ヒレと手を繋いでダンスする。ああ、生きている港が帰ってきたみたい！

浮かれて部屋中を駆け回り、寝転がっている港のスナメリ人形に上から飛び乗ったら、栓が抜けて水が噴き出した。

後悔はしていない。

もしまたあの場面に出くわしたとしても、港は同じことをするだろう。消防士としての使命を全うした、その点に関しては自分を誇りに思う。

だから、心残りはない――ひな子のこと以外は。

はっきりとはわからないが、波に呑まれたあと、港はしばらく暗闇の中を浮遊していたような気がする。あそこは、あの世とこの世の狭間（はざま）だったんだろうか。

水泳が得意じゃないってことは、ひな子は知らなかったはず。だって完璧だ超人だスーパーマンだって尊敬の目で見てくれる好きな女の子に、わざわざ言うことじゃないだろ？

まあ、男のちっぽけなプライドってやつ。

とにかく、突然ひな子の歌声が聞こえてきて、気づいたら港は水の中からひな子を見上げていた。水の中から水面上を見上げると魚眼レンズのように景色が円形に見えて、なんだか自分がスナメリにでもなった気分だ。が、ユーレイの類いなのはまちがいない。

最初、ひな子はずいぶん戸惑っていた。それはそうだろう、死んだと思っていた恋人が、いきなり水の中から現れたんだから。

ただ——ひな子は順応性が高いというか、あんまり深く考えないというか、スーパーポジティブというか、全部ひな子のいいところなんだけれど、いったん港の存在を認めてしまったら、ほかのことはまったく気にならなくなったらしい。

「港！　お出かけしよう」

若い女の子が、水のたぷたぷしてるスナメリのビニール人形と手を繋いで歩いている姿って、そうとうシュールだと思う。港は三日月型の尾びれを足にして、苦労しながらヨチヨチ歩きでついていく。

通行人がジロジロ見ていくけれど、ひな子はお構いなしだ。

「どっちがいい？　港」

ひな子に連れていかれたのは、メンズ服のビッグサイズ専門店。スナメリを立たせて港に洋服を当て、あれでもないこれでもないと楽しそうに洋服を選んでいる。そんなひな子を見ていると、まあいいか、ひな子が幸せなら——そう思ってしまうのだった。

　幸せな時間の流れは早い。

　朝も昼も夜も、ふつうの恋人同士のようにひな子と日々を過ごすうち、いつの間にかハナミズキの花が咲く季節になっていた。


　今夜はひな子のリクエストで、最近できたばかりのショッピングモールにやってきた。

「港！」

　いつものように手を繋いで歩きながら、ひな子が振り返る。白いワンピースを着てスキップしているひな子は、ひらりひらりと花畑を舞うモンシロチョウみたいで可愛い。

「ジェラート食べたい。あ、タピオカミルクティーも」

　後ろを振り向いて話していたひな子は、店から出てきた男性と出合い頭にぶつかった。

「あっ！」

　ひな子が尻もちをつく。男性のほうはとっさにひな子をよけ、転ばずに済んだ。

「いったぁ……」

　麻のジャケットをはおったサーファー風の男性が「大丈夫？　びっくりしたな」と、ひな子に手を差し出した。

「ごめんなさい」

ひな子は、その手を取って立ち上がった。

同時に差し出していたスナメリの手のほうは、目に入らなかったみたいだ。

「どっから来たの？」と言いながら、男性はもう一方の手をさりげなくひな子の背中に添えた。

おい、人の彼女に気安く触るな――と口に出せないスナメリの悲しさよ。

「えっと、千葉から」

「ここ千葉でしょ？　おっきいお友だち連れてるね」

会話も巧みで、いかにもモテそうだ。心なしか、ひな子の頬も赤い。

ひな子は、あんな軽そうなやつがタイプなのか？

蚊帳の外に置かれた港は、役に立たなかった自分の手を見てハッとした。

……透けている？　驚いて足元を見ると、つま先も消えかかっている。

ひな子との毎日があんまり幸せで、ユーレイなのにこんな言い方はおかしいかもしれないけれど、港は現実を忘れていた。

いや、正確にはちがう。ふたりともあんなにつらい思いをしたんだから、もう少しだけ――そんな気持ちが、現実を直視するのを先延ばしにさせていた。

でも、心のどこかで、港は恐れていたと思う。

ずっとこのまま、ひな子のそばにいることはできないのだと……。

夕方、ふたりは地元の海に戻ってきた。

「どうかした？」

浮かない顔をしている港に気づいて、ひな子が首をかしげる。

「……あ、うん。おれは、ひな子の手をちゃんと握ることもできないんだな、って……さっきのやつみたいに、助け起こすことも」

「あれっ、もしかしてヤキモチ～？」

ひな子がちゃかすので、少しムッとした。

「ちがうよ」

「わたしは浮気したりしない。港だけだよ」

「だから、ちがうって！」

ひな子は驚いたかも。港が声を荒らげるなんて、いままで一度もなかった。

「ケンカなんか初めてだね。機嫌直して」

けれど、ひな子はむしろ楽しげに言い、スナメリの中の港にチュッとキスした。

へへ、と照れくさそうに微笑むひな子が、前よりももっと愛おしい。この腕で力いっぱい抱きしめたい。でも、それは永遠に叶わぬ願いだ。

「もう一回」

「おーっ、強欲～ぅ」

ひな子はふざけて目をみはり、めり込むくらいにぎゅっと顔を押しつけて「んーーーっ」と今度はちょっと長めのキスをする。

「これで許してくれる？」

「許さない」

「え～っ⁉」

いつになく意地悪を言う港に、ひな子がわざと悲鳴をあげる。

「もうひとつ、おれのお願い聞いてくれる？」

「なあに？」

やれやれ、という顔のひな子に、港は真面目な口調で言った。

「海に連れてって」

ひな子が戸惑った顔になる。

「ひな子がサーフィンするとこ、もう一度見たいんだ」

水の中に港が現れたことで、ひな子の止まった時計は動き始めたんじゃない。気づかなかっただけで、針は逆回転していたんだ。

波待ちをしているサーファーの後ろ姿が、海にぽかりぽかりと浮かんでいる。

ひな子はウエットスーツを着て片手に自分のボードを抱え、スナメリの港と手を繋いで砂浜からその光景を見つめていた。

アウトサイドで波待ちしていたサーファーが波にのった。惚れ惚れするようなライディングだ。こんなのを目の当たりにしたら、サーファーなら否応（いやおう）なくウズウズする。

と、その進行方向のポジションで、ツインフィンのサーファーがテイクオフした。

サーフィンには、ひとつの波にのれるのはひとりだけという絶対ルールがある。このドロップインという行為は最大のタブーであり、かつ危険行為だ。案の定ぶつかりそうになり、前乗りされたサーファーの体とボードが投げ出されて波に呑み込まれた。

「あっ！」

ひな子の顔からサッと血の気が引いた。

波間に漂うボードが、港の事故を思い出させたのかもしれない。ひな子は、とてもサーフィンができる状態ではなかった。

「……ごめん」

陸のベンチに座ったひな子は、しょんぼりと肩を落とした。

「おれのほうこそ……。ひな子の気持ち考えずに、あんなこと言って……」

隣りに座ったスナメリの港が、心配そうにひな子を見やる。

「わたし子どもの頃、このあたりに住んでて……」

ひな子がぽつりぽつりと話しだす。

「サーフィンばっかりやってて、いつだって波にのれたけど……でもいまは、海でも陸でもどうやって、どこに向かって泳いでいったらいいかわかんない……」

背中を丸め、両手で顔を覆う。

署の屋上から初めてひな子のサーフィンを見たとき、まるで波のほうが自分から彼女をのせているみたいだと思った。怖いものなしで縦横無尽に波の上を滑っていたのがウソみたいに、ひな子は途方に暮れて細い肩を震わせている。

——負けるな。ひな子に伸ばそうとした手を、港はこぶしに変えて握りしめた。短いスナメリのヒレでは、肩を抱いてやることもできない。

「どんなに小さな波でも、長い距離を旅してきたパワーがある。いまはその力にちょっと負けてるだけだ。おれもたくさんの波のひとつ。ひな子も次の波に備えないと」

別れを告げるような港の言葉に、ひな子は怒り顔を上げた。

「悲しいこと言うね。わたしは港がいい、一生、港と一緒にいる！」

それはダメなんだ。ダメなんだよ、ひな子。

「ひな子を助けるし、応援し続けるよ。ひな子が、自分の波にのれるまで」

シャカサインを左右に振る。残された時間で、一刻も早く前へ動きださなければ。

けれどひな子は哀しそうに眉を下げるだけで、サインを返してはくれなかった。


浴槽からせり上がった水の中に、港がゆらゆらと立っている。

黄色い水着を着たひな子が、浴室の天井まで広がった水のプールに近づいていく。

水の壁に両手をつき、ゆっくりと中に入る。

思いついたのは、港だ。一緒に波にはのれないけど、一緒に泳ぐことはできる。

ここでは、ふたりを隔てるものはなにもない。お互い引かれるように抱き合った瞬間、港は弾けて泡になる。

また港が戻ってきて、ひな子の息が続くかぎり水の中を自在に泳ぎ回る。

キスしたい。触れ合いたい。強い想いに惹かれるように唇を近づけた瞬間、港は崩れて泡になった。

泡になった港が、ひな子の腕や、脚や、体を這う。

「水の中は……港に包まれてるみたい……」

力を抜いて全身を水にゆだねながら、ひな子は安心したように目を閉じた。

今年の蝉（せみ）はよく鳴くなあ……。

額の汗を手の甲で拭うと、山葵は『セイレーン』のドアを開けた。

「いらっしゃいませ〜」

店の制服を着た洋子が、トレイを小脇に抱えて振り返った。

「あれっ、どしたの？」

山葵を見た瞬間、パッと笑顔になる。

「ここでバイト始めたって、お母さんに聞いて。ちょっと……話したいことがあるんだ」

「店長！　休憩入りまーす！」

いいのか、新米バイトが勝手に。心配になったが、ヒゲを生やした穏やかそうな店長はニコニコとうなずいた。

「まー飲んで」

窓際の席に座ると、洋子が本日のオススメだというコーヒーを出してくれた。

「わざわざ来てもらって、どうしたってての？」

なんと切り出そうか迷っていると、洋子が先回りして言った。

「大丈夫。山葵は山葵のままでいいんだって」

「あの洋子ちゃん」

「お兄ちゃんもそう言ってたでしょ。元気出しなよ」

完全に早とちりしてるようだ。

「あ、いや、その、別に仕事で失敗したとかの話じゃなくて……」

「ちがうの？」

「……ひな子さんの、ことなんだけど」

その名前を聞いたとたん、洋子は思いっきり不機嫌になった。

「……あーっそ」と、ふてくされて頬杖(ほおづえ)をつく。

「様子がヘンなんだ」

「前からでしょ」

「ずっと水の入ったボトルに話しかけてたり、港さんのスナメリの人形連れて歩いてたり……。なんかその、水を先輩だと思い込んでるみたいなんだ」

異変に気づいたのは、放水訓練のとき。「港、見て。消火の訓練してる」——ひな子がボトルにそう話しかけている声が聞こえたのだ。

それからしばらくして、水の入ったスナメリのビニール人形にアロハシャツを着せて歩いているところを偶然見かけ、山葵はぎょっとした。

絶対におかしい。精神のバランスを崩してしまったんじゃないか。

心配になった山葵は、週休日のたび、ひな子の様子を見にいくようになった。

あるときは、公園の池でスナメリとボートに乗っていた（もちろん、漕ぎ手はひな子だ）。まるでスナメリの人形が生きているかのように振る舞うひな子は、完全にヤバい人だ。しかし当人は好奇の視線もなんのその、お弁当を持って電車に乗って出かけたこともある。スナメリとババ抜きを始めたときは、逆に周囲の人は目をそらせていたけれど。

「ずっと尾けてたの!?」

洋子があきれたように目をみはった。いや、決してストーカーなどでは。

「……気になって……」

「なんで」

「なんで……かな……。いつも先輩が署の屋上から波にのる彼女を見てたから、おれも見てて……つい……でも、先輩の彼女だからって……」

とつとつと語られる山葵の告白を、洋子は苦虫を嚙み潰したような顔で聞いている。

「あ、いや、そんなこと話すつもりじゃ。その、つまり、いまのひな子さんが心配で……気になってしかたなくて……」

「バカ山葵」

「えっ」

「あの人が心配なら、あの人のとこ行けばいいじゃない。直接言いなよ。好きってことでしょ。なんであたしのとこ来んの⁉」

まったくそのとおりで、返す言葉もない。

「言っとくけど、恋なんてアホのすることだからね！」

バシッと叩くように言い捨てると、「店長！　休憩終わりました！」と洋子はスタスタ歩き去っていく。

テーブルに残された山葵は、しゅんとうなだれるしかなかった。

「よっ！」

掛け声とともに、ガニ股になって、アネモネのバケツを両手で抱え上げる。たっぷり水の入ったバケツは相当な重さで、ガニ股になってしまうのは大目に見てほしい。

もうすぐ閉店時間なので、表に出してある商品をひな子はせっせと店内に運んでいた。いったんバケツを下に置いてドアを開け、頭を突っ込んでからまたバケツを抱え上げて体を滑り込ませる。十ヵ月もバイトしていれば、いろんな技が身につくものだ。

しかし今日のバケツは一段と重い。四苦八苦していると、急に後ろから手が伸びてドアが開いた。

「わっ！」

バランスを崩してよろけ、跳ね上がったバケツの水が体にかかる。

「ごめんなさいっ！」

山葵さんだ。慌ててカバンから出したタオルをひな子に差し出す。

「あの、これ、ずっと返しそびれてて」

実家の向水造園のお年賀タオル……？　次の瞬間、あるシーンがよみがえった。

「あのときの消防士さん!?」

放水訓練の！　ホースの!!　びしょ濡れになった!!

「気づいてなかったんですか……」

「ごめんなさい……タオル大丈夫です、これくらい」

ガッカリしている山葵に、ひな子は申し訳なさそうに言った。

「今日はお花？」

「あっ、はいっ」

男の人が花束を買いにきたら、ほぼ一〇〇パーセント女性へのプレゼントだと思っていい。でも、だいたいカラーは赤系かピンク系をリクエストする人が多いのに、山葵の注文はちょっと変わっていた。

「喜んでくれるといいですね。お花あげる方」

出来上がった花束を渡しながら言うと、山葵はなぜかちょっと焦ったふうに、

「えっ、あっ。海が好きな人なんで、青と白の花にしたんだけど、地味でしたかね
……？」

「そんなことないです。とってもステキです」

「よかったー」

青はブルーポピー、白はバラにした。どっちもひな子の好きな花だ。

「今日は、持ってないんですか？」

「え？」

「最近、いつも持ち歩いてるじゃないですか、水の入った水筒とか」

ドキッ。どうして山葵さんがそんなこと。

「バイト中なんで……」と目をそらせて答える。

「スナメリの、ビニール人形とか」

「えっ⁉ なんで知ってるんですか？」

さすがに焦った。

「その、うちの署に来たときとか、ほかでも見かけたことあったけど、声かけづらくて。

水筒にまるで……先輩に話しかけるように！」

言いながら、ひな子のほうへ一歩踏み出してくる。

「ごめんなさい！　ひとり言です！」

「でも！」

「あ、早く渡さないと、枯れちゃいますお花」

話を変えて、花束を押しつけるように渡す。

「あの！　これは、ひな子さんに」

山葵は、なぜかその花束をひな子に差し出した。

「えっ⁉　でも海が好きだって方に……」

花束を差し出した格好のまま、山葵は顔を赤らめている。

「ぼくもずっと！　ひな子さんのこと見てました！　ぼくじゃダメですか、ぼくじゃひな子さんを元気づけられませんか‼　ぼくはひな子さんに元気になってほしいんです！　好きだから‼」

思いきったようにまた花束を差し出す。まさかの展開に、ひな子はパニックになった。

「あっ、たたたっ、だってその……ごめんなさい‼」

逃げるように店のトイレに駆け込み、バタンとドアを閉める。

青天の霹靂（へきれき）。まさか山葵さんに告白されるなんて――。

気が動転したまま、便器の前にしゃがんで歌をうたう。

「♪きみが眺めている」

ぶくぶく泡が立ち、すぐに水の中から港が現れた。

「どうした？　ひな子」

「山葵さんが……山葵さんが……」

「あいつがどうしたって⁉」

港の顔色が変わる。仕事柄、なにかよくないことが起きたかと思ったのだろう。

「わたしのこと好きだって」

ありのままを伝えた。港は一瞬黙り込むと、ややあってひな子を見上げ、言った。

「それで、ひな子は……」

「それでって……。わたしは港がっ！」

「おれは、ひな子と手を繋ぐこともできない。抱きしめることも、キス、することも
……」

それが寂しくないわけじゃない。手を繋いで、キスして、抱き合った記憶があるぶん、なおさらに。

「あいつ……いいやつだぜ」

「港」

「おれから見ても、まっすぐで優しくて……」

ひどい。わたしに山葵さんとつき合えっていうの？

「どうしてそんなこと言うの！　わたしこのままでいい!!　歌えば会えるし、手を繋げなくても抱きしめてくれなくても、ずっとそばにいてくれるでしょ!?　それだけでいい!!」

「ひな子、落ち着いて！」

港にたしなめられて口をつぐむ。

「便器に向かって話しかけてるヘンな人になってるよ」

トイレのドアが少しだけ開いていて、店員さんが何事かと顔を覗かせている。

「あっ」

鍵をかけるのを忘れていた！　立ち上がって慌ててドアを閉めにいく。

「つい焦って……」

「……ひな子、聞いて」

港は、静かな声で言った。

「新しい波はどんどんやってくる。いい波ばかりじゃないから見送ることもあるけど、ずっと水中に潜っていたら、波にのることはできないよ」

「………」

港の言葉が重く心にのしかかる。

ひな子が戻ってみると山葵の姿はなく、テーブルの上に花束だけが残っていた。

ひな子は店を飛び出して、山葵を追いかけた。

いくらいい人だからって港に勧められても、はいそうですか、なんてつき合えるわけない。オススメのコーヒーじゃないんだから。でも、あんな断り方はなかった。

大通りの横断歩道まできて周囲を見回すと、橋の上でぼんやり川を眺めている山葵がいた。ため息をつき、落ち込んでいるように見える。ちゃんと断って、謝らなきゃ。

「わさ……」

ひな子が声をかけようとしたとき――。

キキキキキーーーッドン!!

耳をつんざくようなブレーキ音、続いて衝撃音があたりに響き渡った。

「!?」

横断歩道のすぐ近く、大型トラックと軽自動車の衝突事故だ。軽自動車のほうはすでに火が上がっている。

恐怖で動けなくなってしまったひな子に、山葵が駆け寄ってきた。

「ひな子さん!」

山葵がひな子をかばうように体で覆った瞬間、軽自動車が爆発した。

通りかかった車が停車して、次々にドライバーたちが降りてくる。

「119番だ！」

「事故だ事故！」

近所の人たちも集まってきて、あたりは騒然となった。

「小さい車の人、出てこない」

思わず足を踏み出したひな子を、山葵が腕で制した。

「ダメだ、助からない」

「でも、まだ中にいる！」

近づこうとするひな子を山葵が懸命に止める。

「危ないよ！」

「港なら！　港なら助けにいく！」

山葵に阻まれて動けないひな子は、力強く歌い始めた。

「♪きみが眺めている！　水面は鮮やかにきらめき」

「ひな子さん！」

「♪少しずつ色変えて」

港、お願い。お願い、助けて！

川面に泡が立ち、水が盛り上がった。

高くせり上がった水の柱が炎上している車に体当たりする。

ジュワッ！　一瞬にして火が消え、あたりはもうもうとした水蒸気に包まれた。

まもなく消防隊が駆けつけてきて、消火活動が始まった。

車の火災を消し止めた港は、高く昇っていく水蒸気の中からその様子を見ていた。

ぐちゃぐちゃに潰れた軽自動車から救出されたドライバーが、救急隊員によって担架に乗せられる。負傷者ではなく犠牲者だということが、一見してわかった。残念ながら、即死の状態だったらしい。

人間はふとしたことであっけなく命を落とす。港は身をもって知っている。だからこそ命は尊く、生きることは素晴らしい。

と、突然、担架に天から光が降り注いだ。亡くなったドライバーの身体から霊が抜け出て、天に召されるように上昇していく。

あれは――。

呆然と見ていた港にも、まぶしい光が射した。凄い力で引っぱられそうになる。

――やめろ！　やめてくれ!!　港は留まろうと抵抗し、下に見えるひな子と山葵に手を伸ばした。

「港!?」

ひな子が叫んでいる。

「どうしたの！」

「聞こえない！　港の声が！」

――ひな子！

必死に手を伸ばすけれど、届かない。

港の体が光の中に引き込まれていく。

「港！　港が消えちゃう！」

半狂乱で叫ぶひな子を、山葵が腕の中で懸命になだめる。

「ひな子さん！」

「港が消えちゃう！」

「ひな子さん、しっかりしてください！」

山葵がひな子の肩を強く揺さぶった。

「こんなこと言いたくないけど先輩はもういないんです！　ユーレイなんかいない！」

ちがう！　ひな子は山葵の手を肩から振りほどいた。

「山葵さんには見えないかもしれないけど、港はいるの!!　水の中に!!　わたしが歌えば出てきてくれるし、わたしには見えるの！　いないなんて、そんなことないから！　港はずっとそばにいるから！」

「たしかに出てきてもおかしくないくらい、先輩はひな子さんのこと想ってると思います」

もう一度ひな子に伸ばそうとした手を、山葵は思い直したように引っ込めた。

「……でも、先輩だっていまのひな子さんの姿、望んでないと思いますよ！」

ひな子は言い返せずに山葵を見た。

——ずっと水中に潜っていたら、波にのることはできないよ。

さっき港に言われた言葉がよみがえって、胸が泥を詰め込まれたみたいに重くなる。

「先輩、言ってました。ひな子さんは『ぼくのヒーロー』だって。ひな子さん、ひとりでカッコよく波にのれてたじゃないですか。どうしていま」

「わかってる……わかってるけど」

聞きたくない。ひな子は山葵に背を向けダッと駆けだした。

「ひな子さんがそんなんじゃ先輩、いつまでも成仏できないですよ！」

わかってる。わかってるわかってるわかってる！

「ひな子さん！」

山葵の声が、ひな子の背中を追いかけてきた。

玄関のドアを開けて部屋の中へ駆け込む。

「港！」

電気をつけると、スナメリのビニール人形がくたくたにしぼんでいた。急いでホースを栓にさして浴室に行き、蛇口をひねってまた戻ってくる。

「♪君が眺めている　水面は鮮やかに煌めき」

水の中にうっすらと港の姿が現れた。

「……ひ……な……こ……」

「ごめんなさい！　港！　わたしがお願いばかりしすぎたから？　何度も何度も呼び出してたから？」

きっと、現れるにはもの凄いパワーがいるんだ。たくさん力を使ったせいで、港はもうこの世に留まるパワーがなくなってしまったのかもしれない。

「どうしよう……。港が消えちゃったらどうしよう……ごめんなさい」

ひな子の悲痛な泣き声が部屋に響いた。


川にも海にも、水はいたるところにあるのに。

「♪君……」

ちょっとだけ口ずさみ、ひな子はすぐに止めてしまった。

会いたい。顔を見たい。話したい。でももし二度と港に会えなくなったら……そんなの、考えただけで耐えられない。心が引きちぎられるような、あんな思いは一度で十分だ。昼が夜に呑まれて暗闇の中で生きているような、あんな毎日は。

ひな子は海岸を離れ、自転車で『セイレーン』に向かった。

「いらっしゃいま……」

入ってきた客がひな子だとわかると、洋子はスイッチをOFFにしたみたいに笑顔を消した。

「お好きなお席にどーぞー」

店員にあるまじきぶっきらぼうな態度で店内を指す。

ひな子が席に着くと、洋子は水のグラスとメニューを持ってきた。いささか乱暴な手つきでそれらをテーブルに置き、フリップを見せながら説明を始めた。

「当店は自慢のコーヒーをいろいろな淹れ方で楽しんでいただけるのが特徴で、とくにオススメはドリップです。まちがってもイチゴソーダばかり頼みませんように」

「すごい、洋子ちゃん」

「からかいにきたの？」

洋子がムッとする。

「そんな。洋子ちゃんがここでバイトしてるって聞いて」

慌てて言うと、間髪入れず「山葵に？」と訊いてくる。

「あ、うん」

「ほかにはなんか言ってた？」

「えっ……いや別に……」

しどろもどろになったひな子を見て、洋子は察したようだ。

「マジあたし、ヒョウモンダコだったらよかった！　噛みつきたいわマジで！」

「え？」

「なんでもない！」

気のせいか、洋子の顔が赤くなった。

「……洋子ちゃんは、なんでここで？」

「あたし、カフェやることにしたから」

「え……」

「お兄ちゃんカフェやるのが夢だったから、それをあたしが叶えるの」

驚いた。まさか、洋子ちゃんがそんなことを考えていたなんて……。

「だから、ここで働きながら勉強して……知ってる？　ドリップするとき膨らむのは、炭酸ガスが出てるからなんだって。そのガスは焙煎(ばいせん)してから少しずつ出て、挽いてからはどんどん出てって、膨らまなくなるんだって。膨らむのは新鮮な証拠なんだ」

ちょっと得意そうにウンチクを語る口ぶりが、港にそっくりだ。

「高校卒業したらすぐ、茅ヶ崎の本店で修業する。あそこのマスターたち、いつ逝っちゃうかわかんないから」

憎まれ口とは裏腹に、洋子の目は優しくて温かい。

「すごい、洋子ちゃん」

心からそう思う。

次の波を見つけてテイクオフしようとしている洋子に比べて、自分はなんて臆病なんだろう。将来どころか、明日のことさえ考えられない。ただ港がいなくなることを恐れているだけ。

帰り道、消防署の裏を通りかかった。

隊員たちがフル装備でロープを渡る訓練をしている。ひな子は思わず自転車を停めた。

わあ……すごい。あんなに高い所を、あんなに細いロープ一本で渡っていくなんて。

「行け行けおらおら！」

「山葵!! しっかりしろ！」

先輩隊員に檄を飛ばされながら、山葵が歯を食いしばってロープを渡っていく。

ひな子は、そんな山葵をまぶしく見上げた。

雛罌粟家は、道路を挟んですぐ目の前に海があった。

家の横の空き地に、港のバケラッタ号がぽつんと停まっている。

三世代が住んでいた木造瓦葺き（かわらぶき）の家はどこか懐かしく、傷のついた柱や古い茶の間簞笥（だんす）が家族の歴史を感じさせた。

ひな子は仏壇に線香をあげ、港の遺影に手を合わせた。正座したまま後ろ向きになり、背後に憮然として立っている洋子に深く頭を下げる。

「今度は家？　いまさら」

「ごめんなさい。あのときはまだ受け入れられなくて、伺ってなかったし……」

港のお葬式に参列することはした。けれど、焼香もしないうちに逃げ出してしまったのだ。とても出来なかった、遺体の港と対面するなんて。

「ご両親は？」

あたりを見回すが、ほかに人の気配はしない。

「仕事。やっと仕事に戻ったとこだから、お兄ちゃんの思い出とか、いまは」

それで洋子は、お焼香させてほしいとメールしたひな子に、平日のこの時間を指定してきたのだと気づく。

「気を遣わせてごめんね」

「……お兄ちゃんの部屋、そのままなの。見たいんでしょ？」

そっぽを向いて、洋子が言った。

「うん」

口調こそつっけんどんだが、実は情が細やかで人の痛みに敏感。本人に言ったらゲエッという顔をするだろうが、いまでは本当の妹みたいに大切な存在だ。

洋子がドアを開けてくれた部屋を見て、ひな子は目を丸くした。

部屋中を埋め尽くす大量の本、本、本。その隙間に、トレーニング機材が所狭しと置かれている。

「お兄ちゃん、いっつも涼しい顔してっから、最初からなんでもできる人に思われるけど、めっちゃ努力する人だから」

書棚には、消防の仕事に関係する問題集と各種学術書、コーヒーに関する本とカフェ開業のための本、料理本とジャンル別のレシピファイルなどがぎっしり並んでいた。

「うち、共働きだし、お兄ちゃんが晩ご飯作ってくれて。最初はひどい下手だったけど」

洋子が覚えているのは、ぶかぶかのエプロンをつけた港が、一生懸命フライパンを握って作った焦げ焦げのチャーハンだ。

「本読んだり料理番組観たりして、いつの間にか上手くなった」

中華鍋の扱いなんか幼いながらプロはだしで、お店で食べるようなチャーハンが食卓に出てきたときは驚いたものだ。港自身は焦げ焦げだろうとなんだろうと、いつも黙々と食べていたけれど。

「勉強もね、消防士になっても、いつも努力してないとカナヅチだから沈んじゃうって頑張ってた」

かなわないよ、と苦笑する。

「お兄ちゃんが亡くなったあと、いろんな人がうちに挨拶にきたの。お兄ちゃんにお世話になったからって」

両親も洋子も驚くほど、何十人もの老若男女が、それこそひっきりなしに焼香に訪れた。道でぎっくり腰になって、動けなくなっていたおばあさん。財布を落としてしまった男子高校生。迷子になって泣いていた子どもと、その母親。車がパンクして会社に遅刻しそうだったおじさん。客にからまれて困っていた若いコンビニ店員。坂道で往生していた車椅子の中年女性。みんなみんな、港に助けられた人たちだった。

港は、こんなにたくさんの人たちの中に生きている。そのことは少なからず、大きな悲しみの中にいた家族の慰めになった。

「お兄ちゃんは、人を助けられる人になることを目標としてた。そう思うようになったのは、小さい頃、溺れて助けられたことがあったからなんだけど。相手が自分より小さい女の子だったから、頑張ればなにかできるかもしれないって思ったって」

話しながら部屋の中に入っていく。

「自分はその子に命を救ってもらったんだから、自分も人を救う仕事に就きたいって。ヒーローに助けてもらった命だから、誰かを助けるために使いたいって」

洋子は本棚からアルバムを取り出し、真ん中あたりを開いて見せた。

「あの日、自分は生まれ変わって、生きる目標ができたって」

それは海の写真で、水着を着て浮き輪をつけた少年の港と幼い洋子の後ろ姿が写っていた。港は小学校三、四年生だろうか。グリーンの海水パンツのおしりに、海ガメのプリントが——……。

声にならない言葉が吐息になって、ひな子の目がみるみるひらかれていく。

「……！」

一気に時がさかのぼって、ある出来事が脳裏をよぎる。もしかしたら、もしかしたら港は——。弾かれたように部屋を飛び出す。

「なに？　また……」

ひとり部屋に取り残された洋子は、アルバムを広げたままため息をついた。

第5章　ローラーコースター

「帰ってくるなり、なに見てんの？」

ひな子の母親が、麦茶とスイカを運んできて言った。いきなり帰ってきたと思ったら、娘はアルバムを出してきて一心不乱にめくり続けている。

「わたしさ、海で男の子助けたことあったよね！」

「あー表彰されたやつね。ちょっと待って」

母親は台所に戻って椅子の上に立ち、戸棚の中からワニ柄の丸筒を見つけてポンと蓋を開けた。その拍子に、中に入っていた紙片がはらりと落ちる。

それは古い新聞の切り抜きで、『ヒーローおてがら』の見出しとともに、表彰状を持ってシャカサインしている幼いひな子の写真が掲載されていた。

「あんた、ヒーローだって」と母親がクスクス笑う。

新聞にまで載ったのは、まだ小学一年生の女の子が、小学四年生の溺れた少年を救助したからだ。

ひな子の脳裏に、十四年前の記憶が奔流のようによみがえってくる。

あのとき砂浜で、当時大ヒットしていた歌が誰かのCDラジカセから流れていた。

君が眺めている　水面は鮮やかに煌めき
少しずつ色を変えて　光り続けてる……

夏休みに入ったある日、ひな子は父親に連れられて、大勢の海水浴客でにぎわう九十九里の海にきていた。

ひな子は始めたばかりのサーフィンに夢中だった。なにしろ、歩きだすよりまえに泳いでいたという生粋の海っ子だから、上達も早い。

買ってもらったスナメリの絵のついたサーフボードに乗り、大人に交じって波待ちをしていたときだ。少し向こうに、浮き輪を片腕に通して、岸に向かってバタ足をしている男の子がいた。

一生懸命泳ぐ練習をしているみたいだけど、あのお兄ちゃん、ぜんぜん進んでない。

視線をまた沖に戻して、次に見たとき、浮き輪だけがぷかぷか浮かんでいた。

——溺れてるんだ！

ひな子は直感した。浮き輪目指して必死にパドリングする。かすかに泡の立っている場所がある。大きく息を吸い込んで潜ると、さっきの男の子がゆらゆらと海底に向かって沈んでいく姿が見えた。

「ぷはっ!!」

意識を失っている男の子を抱えて海面に顔を出し、ボードの反対側に回って自分より大きな体を引っぱり上げる。

「んーーっ！」

ボードが回転して、うつ伏せの状態でうまく乗せることができた。このときはたまたまだったが、これは力のない子どもや女性が行う正しい救助方法なのだ。

ハアハア息をしながらボードのテールに膝をついて乗り、岸に向かって漕ぎだす。

このお兄ちゃんを助けなきゃ。ひな子は無我夢中だった。

「すごいぞ！」

「よくやった女の子！」

途中から大人のサーファーたちが運んでくれ、誰かが機転を利かせて知らせたらしく、数人のライフセーバーが砂浜で待ち構えていた。

すぐに人工呼吸が施された。男の子の顔は死人のように青ざめていて、いっこうに意識を取り戻す気配がない。

死なないで……ひな子は父親に付き添われ、ボードを持ったまま祈るように見守った。

「救急車がきたら、こちらに誘導してください！」

そのときだ。男の子がゴホッと息を吹き返した。

周囲に集まっていた人たちから「いいぞ！」「やった！」と歓声が上がる。

横向きにされ、うっすらと目を開けた男の子の口から海水が流れ出た。

「よく頑張ったな」

ひな子は、男の子が助かって安堵したことと、お父さんにくしゃくしゃ頭を撫でられたことを覚えている。

「あの小さな女の子が、きみを助けたんだ。命の恩人だぞ」

ライフセーバーの人が、男の子にそう話しかけていたことも……。

ヒーローに助けてもらった命だから——洋子から聞いた言葉を思い出す。

クリスマスイブの夜、港は消防士になったきっかけをひな子に話してくれた。

小さい頃、海で溺れて、そのとき助けてもらったことをよく覚えてるって。だから自分も、人を助けられる仕事がしたいと思ったって。

あの曲。映画で使われて、またよく流れてますよ——あれは、ドライブのたび、港が車であの曲を流したのは、わたしに気づかせるヒントだったの？

港は最初から知っていたんだ。ひな子が自分の命の恩人だってことを。

少年の港をボードに乗せて岸に向かっていたとき、ひな子の視界には、自分のボードのスナメリと、男の子の海水パンツの海ガメが見えていた。

ちょうど港の車のルームミラーに下がっていた、スナメリと海ガメの人形のように――。

ひな子は、駅のホームのベンチに座っていた。

いきなりカバンをつかんで家を飛び出してきたから、娘の奇行に慣れているお母さんもさすがにびっくりしたかも。でも、ひとりになって確かめたいことがあった。

手には、新聞の切り抜きと、そして港のスマホ。

「あの日、自分は生まれ変わって、生きる目標ができた」――港はそう言ったんだ。

２００６年８月８日。

２６８８、と打ち込んでみる。

「あ……」

とうとうロックが解けた。

ＬＩＮＥを開く。トーク画面の一番上には、ひな子の名前があった。

港が最後に打ったメールだ。タップすると、打ちかけの文章がそのまま残っていた。

『ひな子、雪が降ったあとの波にのって、エアリバース決めたよ。そしたら願いが叶うって言ったよな。おれの願いは、ひな子が自分の波にのれること。それから、ずっとずっとひな子のそばにいられること』

文章はそこで終わっていたけれど、あんなに知りたかった答えがそこにあった。
あの朝、港は、わたしのために波にのったんだ。
スマホを持つ手が震える。
自分にも、自分の将来にも自信のない、ひな子のために――。
熱い塊が胸から喉をせり上がってきた。
港。港。どうしてそんなに優しいの。どこまでわたしを甘やかすの。
溢れそうになる涙をこらえて上を向く。
――ねえ港。わたしはどうしたら、港の愛情に応えることができる?

翌日、ひな子は大学のサークル棟にやってきた。

へえ……こんなにいろんなサークルがあるんだ。サーフィン一本やりだったからいままで興味がなかったけれど、ひな子の大学は体育系文化系ともサークル活動が盛んらしい。

「ライフセービング興味ある？」

壁のポスターや写真を見ていたひな子に声をかけてきたのは、偶然にも見学しようと思っていたライフセーバー部の部長だった。

「サーフィンから入ってくる人や、泳げないけどやってみたいって人もいるし、いろいろ。海で人を救助できるようになることはもちろんだけど、一番は未然に事故を防いでいけるようになるのが目的なんだ」

部室に向かいながら、部長が説明してくれる。

「資格を取ったり、スポーツとしてもいろんな競技があってね」

倉庫にはカヌーやサーフボード、室内には救命具、担架などが揃っていて、大学のサークルとは思えないほど本格的だ。

「男女比は六対四。夏は合宿しながら海の監視も行って、競技大会にも参加します」

メールが途切れていたのはきっと、打っている途中で港が溺れた水上オートバイの青年を助けにいったから……。

実家からの帰りの電車の中で、ひな子は『人を助ける仕事』をスマホで検索してみた。弁護士、教師、介護福祉士、警察官、自衛官、消防士。いろんな仕事がある中で、ライフセーバーという職業を見つけた。

資格を取るには、ライフセービング概論、サーフパトロール、サーフレスキュー、応急手当、心肺蘇生などを勉強しなければならないという。勉強嫌いのひな子には、簡単じゃないかもしれない。でも、カナヅチだった港も、頑張って海に出ようとする子ガメの姿を見て頑張ろうと思ったと言った。そして、立派な消防士になった。

ならわたしは、勇敢に海に向かっていった港の後ろ姿を目標にする。

ハッ、ハッ、ハッ、ハッ。

呼吸に合わせて、全身を汗が流れていく。山葵は、海岸沿いの道をランニングしていた。汗と一緒に失恋の痛手も流れていってくれたらいいのに、そうはいかない。ひな子のことは気がかりだが、差し出した手は振り払われてしまった……。

「よ〜っす！」

明るい声に顔を上げると、道の先で、半袖パーカーにショートパンツ姿の洋子が手を振っていた。

「非番のときも走ってんだ」

洋子がガリガリとミルでコーヒー豆を挽く。兄のコーヒー道具を一式、形見として譲り受けたらしく、港が生前よく飲ませてくれたドリップ式のコーヒーを淹れてくれる。

港はコーヒー通で、山葵にはチンプンカンプンのウンチクをよく聞かされたものだ。

「消火栓の位置把握しておかないと、けっこう変わっちゃうから……それがランニングになって。おれの仕事じゃないんだけど」

「お兄ちゃんも危険がないか、いつも町見回ってた。火事起こさないのが一番の火消しだって」

「やっぱすごいな先輩は。いくら頑張っても、先輩みたいには」

「そりゃ、ぜんっぜん及ばないよ」

「……そうだね」とフッと乾いた笑いを漏らす。

自分じゃ、ひな子さんを笑顔にすらできない。水の中に現れるっていうユーレイの先輩にも負けてしまうんだから。そもそもマンションの火事のとき、屋上に駆けつけた山葵の目の前で港が颯爽とひな子を救助したときから勝負はついていたんだ。

「山葵はなんで消防士になろうと思ったの？」

「ん？　なんでって、消防車ってカッコいいじゃん！　あれ運転できたら最高だって」

「当たり前のように言うけど、そんなこと？」

笑いながら、洋子が淹れたてのコーヒーを渡してくれる。

「ありがと」

「お砂糖そこあるから」

見ると、小さいタッパーに砂糖が用意してあった。

「一生の仕事選ぶには甘かったかな？　入れる？」

自分のカップに砂糖を入れたあと、返事を待たずに洋子のカップにも入れる。

「あっ……」

「体力自信あったけど、使う体力ハンパなくて」

消防学校でも、いまの署に配属されてからも挫折しそうになった。いつも励ましてフォローしてくれる港がいなかったら、とっくに辞めていたかもしれない。

「どんだけ努力しても先輩みたいになれない。きっと消防士には向かないんだ。人を救うなんて大それたこと、おれにはムリ」

コーヒーをひと口飲んで、思わず言った。

「……甘い」

「ホント甘いわ」

洋子も顔をしかめている。スプーンに山盛り三杯は入れすぎたか。

「ごめん。おれ、先輩みたいに味わかんないし」

「先輩先輩うるさいよ！　山葵がお兄ちゃんみたいになる必要ないんだよ！　山葵は山葵

らしく頑張ればいいんだよ!!」

　まさか励まされるとは思わず、山葵は言葉に詰まった。

「……洋……洋子ちゃんいいこと言ってくれた……」

「バーカ！　これ、山葵があたしに言った言葉なんだよ」

「えっ」

「お母さんが学校行ってないあたしに、『お兄ちゃんとちがってこの子は』って言ったら、『洋子ちゃんは洋子ちゃんでいいんですよ』って」

　そんなことがあった気がする。いつだったか、先輩の家で夕飯をご馳走になったときだ。

「お兄ちゃんみたいに努力ばっかできないし、みんなに合わせるのも苦手だし、でもその言葉のおかげで自分のまんまでいいのならって。そのひと言でラクになって、また学校行きだしたんだよ！　あたし、山葵に救われたんだよ！」

「おれの言葉で……」

　なにも考えずに、ただ思ったことを言っただけなのに。

「……おれでも、人が救えるのか……」

　ぎゅっとこぶしを握る。この手は、まったくの無力じゃない。

「ありがとう、洋子ちゃん！　やっぱおれ、頑張れる！」

　ガッツポーズして嬉しそうに言うと、洋子は錯覚かと思うほど一瞬だけ可愛い笑顔を見せ、また急にいつもの不愛想な顔に戻って言った。

「あたしバイトだからもう行くね。飲んでていいから道具、カフェに返しにきて」

「え」

態度の温度差についていけずにいると、さっさと歩きだした洋子が突然くるっと振り返った。

「あんときからあたし、山葵のこと好きだから！　ほかの誰より好きだから!!」

大声で怒鳴るように言い、走りだしてまた振り返る。

「頑張れよー！　このバカー!!」

洋子は真っ赤になって走り去っていった。

……洋子ちゃんが、おれを……好き？

山葵はあっけに取られたまま向き直り、ぼうっとして残りのコーヒーを飲んだ。

なんだかさっきよりもっと甘い気がするのは……気のせいか？


ライフセービングのサークルに入部したひな子は、ほかの部員たちと一緒に初めての活動に参加していた。

「人を呼び、119番への通報を依頼し、AEDを持ってきてもらいます」

その日は大学の構内からそのまま行ける砂浜で心肺蘇生法の訓練が行われた。

「まず意識があるか、声をかけて反応を確認。聞こえますかー」

ライフセーバーの資格を持っている部長が講師役になり、砂浜に寝かされた訓練用の人形の肩をポンポンと叩いて「聞こえますかー」を繰り返す。

「反応なし。ふだんどおりの呼吸があるか確認。なければ胸骨圧迫」

両手を重ねて、人形の胸を押す。

「1、2、3、4、5、6、7、8、9、10、両手を重ねて体重をかけるように強く、成人は少なくとも五センチの深さで三十回繰り返し、押すタイミングは胸がしっかり戻るまで待ちます。29、30」

ほかの部員たちはスマホで動画を撮ったりメモを取ったりしているが、ひな子は目を背けたくなるのを我慢しているだけで精いっぱいだ。

「顎を上げて鼻をつまみ、気道確保」

部長が人形の口にフーッと息を吹き込む。

「一秒かけて吹き込み、フーッ、もう一回。このとき胸が持ち上がるのを確認してください。そのあと再び胸骨圧迫。5、6、7、30回、この繰り返しです」

溺れた人を「溺水者」というらしい。港は二度もこの応急手当を受けたのだ。一度目は助かったけれど、二度目は……。

「さあ、やってみてください。向水さん」

いきなり指名されてしまった。できればやりたくない。でも、こんな初歩的な訓練から逃げていたら、この先ライフセーバーになんてなれっこない。

「1、2、3、4、5、6」

人形の胸だけに目の焦点を合わせ、両手を揃えて強く押す。

「あっ、強く押しすぎかも」

慌てたような部長の声と「7、8」というひな子の掛け声、そして「ロッコツガ　オレマシタ」という人形の声が、ほとんど同時に発せられた。

「五センチくらいで、押しすぎもダメなんです……人工呼吸もやってみましょう」

「えっ」

やるしかない。怖気(おじけ)づいて目をつぶりそうになる自分を叱咤して、人工呼吸用のマウスシートがつけてある人形におそるおそる顔を近づけていく。

人形の顔が突然、ブルーシートに寝かされた港のそれに変わった。

「ひっ！」

思わず体を離して立ち上がる。実際には見ていないのに、死に顔が妙に生々しい。

「向水さん？」

……無理。わたしには無理！

「向水さん!!」

ひな子は砂浜から一目散に逃げだした。

一度も立ち止まらずに、ひな子はキャンパス内の池まで駆けてきた。肩で息をしながら水を覗き込む。水面に映ったひな子はひどい顔だ。港。港に会いたい。港に助けてほしい。自動車事故の日以来、ひな子は一度も港を呼び出していない。でも、今日はどうしても港に会いたい。

「きーみー……があぁあっ！」

両手で頭を抱えて激しく振る。弱気に流されて、うっかり歌いそうになってしまった。

「だめぇーーーっ！」

ひな子は自分に向かって力いっぱい叫んだ。

気づくとひな子の足は『セイレーン』に向かっていた。無性に洋子に会いたい。ビビリでヘタレなチキンひな子を、洋子に鍛え直してもらいたい。毒を以て毒を制す、的な？

「こんにちは」

ドアを開けるとヒョウモンダコ——じゃない、洋子が中腰になってダムウエイターに耳を寄せていた。

「……洋子ちゃん？」

「しっ！」

……もしかして、二階にいるお客さんの会話を盗み聞きしてる？

そこへ、十人ほどの男女のグループがガヤガヤと階段を降りてきた。

「あそこからウワーッと飛ばす」

「すごーい面白そう！　こんなの初めて」

「音デカいからビックラこくぜ。マジでなんも聞こえなくなっから」

「楽しみ～！」

長髪ヒゲ男にメイク濃いめの浴衣ギャルたち、男連中の腕にはもれなくタトゥー。見た目で人を判断するのはよくないと思うけれど、みんな絵に描いたようなパリピだ。

彼らは大騒ぎしながら店を出ていった。

「店長、今日、早上がりします！」

洋子がトレイと外したエプロンをカウンターに置いて駆けだしていく。

「洋子ちゃん!?」

わけがわからないまま、ひな子もあとを追って駆けだした。

「去年、建築中のビルが火事になったの知ってる？」

自撮りモードにしたスマホでさりげなくバスの後ろを窺いながら、洋子が言った。

ふたりは一番前方の席に座っている。同じバスの後部座席には、先ほどのパリピグループが陣取っていた。

「うん。わたし、飛び火したマンションに住んでたの」

「へっ？　そうなの？」

洋子は目を丸くしたあと、再び険しい顔になった。

「それなら、あいつらが主犯みたい」

「えっ？」

「また花火あげようって相談してたの。廃墟になってる『オスト』でやるって言ってた」

「世界一のクリスマスツリーがあったとこだ」

『オスト』は二十階建ての総合コンベンション施設だったビルで、ずいぶん前に閉鎖されたと聞く。

前回はしくじったから、今度はちゃんと本職の花火師を連れてきた。正月の台湾や上海のように、パーッとビルから噴き出すように花火を飛ばす――たまたまダムウエイターを伝って聞こえてきたという彼らの会話を、洋子はかいつまんで話してくれた。

前回、主犯だった仲間は捕まったが、長髪ヒゲ男はまんまと逃げきった。「俺がパクられなかったから、今年もこうやって開催できんだよ。おみそれしろよ、讃えろバカ」などと仲間にうそぶいていたという。

「……ダメだぁ。山葵、出ない」

スマホを下ろして、洋子は天を仰いだ。

「みんな勝手に入り込んでやるらしいんだ。今度も違法だよ」

時刻は夜の七時過ぎ。彼らは廃墟ビルの裏手に回り、金網をこじ開けて敷地の中に入っていった。ビルの壁面にはペンキで落書きがしてあり、これまでも人が無断で入り込んでいたことがわかる。

「洋子ちゃん、ヤバいよ。警察に連絡しよ」

物陰に隠れて見ていると、ひとりを見張りに残して、長髪ヒゲ男を先頭に可動式の階段を上っていく。

「わたし110番するから」

「証拠ないと！　あいつらの写真撮るんだ」

堂々と物陰を出た洋子は見張り役の男に親しげに挨拶すると、さも仲間であるかのようなフリをして階段を上っていく。洋子のクソ度胸に驚きながら、なぜか見張り役にペコリとお辞儀をしてひな子も続いた。

「洋子ちゃん！」

建物の中に入ると、ずっと放置されていたビルは埃っぽい匂いがする。

「洋子ちゃん……洋子ちゃん！」

足音を忍ばせて歩いていく。円形のビルの真ん中は十五階まで吹き抜けになっていて、クリスマスツリーに使われた大木が置きっぱなしにされていた。

「大きい……枯れてるけど」

下から見上げても、木のてっぺんが見えない。

おっと、ぼんやりしてる場合じゃない。当然エレベーターもエスカレーターも動いていないから、洋子はさっさと階段を上っていく。

「洋子ちゃん、待って！」

「しーっ」

途中の階にスポーツクラブ跡があった。

「プールがある」

洋子の視線につられて見ると、入り口にプール用担架が積んであった。一見、薄いサーフボードみたいだ。

階段を上るにつれ、「ナイスビュー！」「うわー！」「ハッピータイム！」などという浮かれた声が聞こえてくる。

外はもうすっかり日が暮れて、周囲には高い建物がないから、街全体が電飾のように輝いている光景がパノラマで見渡せた。

「夜景が一番きれいな時間だ」

「すごい、高ーい！」

彼らのいる十五階のテラスにたどり着いたふたりは、さらに吹き抜けを囲む壁の上に登って身を潜めた。だが、お祭り気分ではしゃいでいる集団は気づきそうもない。

と、なにを思ったか、長髪ヒゲ男が両手を広げていきなり縁から飛び降りた。

「キャッ！」

浴衣ギャルたちが悲鳴をあげて下を覗き込む。男は、ビルから出っ張っている、ひさしのようなスペースに着地していた。

「もう、怖い〜！」

「ここからドーンと打ち上げようぜ！」

「じゃあおれらも！」

ほかの男たちがそれぞれ浴衣ギャルを抱いて、無理やり下に飛び降りる。

「さあー自分で花火打ち上げようぜ。取って取って！」

大きな木箱の中から、長髪ヒゲ男が花火玉をつかみ上げた。

花火師らしき男が赤く焼けた鎖を打ち上げ筒に差し込んで着々と準備を進めている。その様子を動画に撮ろうと、洋子は場所を移動してスマホを構えた。

「顔、映んない。暗いや」

「それで十分だよ」

「花火上げるとこまで撮る」

洋子は頑として言い、その場に座り込んだ。

「え〜っ……もう」

放ってはおけない。ひな子もしかたなくしゃがみ込む。

しばらくじっと待っていると、遠くの夜空に大輪の花火が上がった。

「わあ……」

「勝浦(かつうら)のほうかな」

たしか今頃、大きな花火大会があったはず。ふたりとも状況を忘れて見入っていると、いきなり近くで鼓膜が破れるような爆音がした。

「ヤバッ！」

こちらも花火に点火したのだ。洋子が慌てて立ち上がりスマホを構える。

ビルの上空で花火が炸裂(さくれつ)し、いっせいに歓声と奇声があがった。

「ひょーっほー！」

　数本用意した筒の中に次々と花火玉を入れて打ち上げている。

　そのとき、上のテラスからも花火が発射された。調子にのった男が筒を三本並べて連結し、榴弾砲のように花火を打ち上げているのだ。

「もういっちょどーん!!　もひとつ、どーん!!」

「うわっ」

　下にいる仲間たちにも火の粉が降りかかる。

「そんでどーん！」

　男が操作を誤って点火した花火玉があらぬほうへ飛んでいった。天井や柱や床に当たって跳ね返り、吹き抜けの壁の上にいたひな子たちのところに向かってくる。

「きゃっ!!」

　ふたりともとっさに頭を伏せる。洋子の足元をかすめて後方へ飛んでいった花火玉が吹き抜けに落ち、大木に火花が散った。

　乾燥した木ほどよく燃えるものはない。クリスマスツリーの残骸は華やかに飾り付けられていた昔を懐かしむかのように、真っ赤な炎を上げて勢いよく燃え始めた。

「おいおいやべーって！　消せ！　消せ！」

テラスにいた別の男が大声を出すが、興奮を通り越してほとんど狂乱状態に陥った男はまだ花火砲を打ちまくっている。

「やべっ！」

「えっ、なに？」

「どうしたの？」

下のグループも異変に気づいて騒ぎだした。

「火事だーー!!」

テラスからの叫び声で、やっと事態の重大さを理解したらしい。

「おいっ、行こうぜ！」

このままいまいる場所にいたら、飛び降りるしかなくなる。みんな我先にはしごに殺到する。

「あんたら！　空きビルで勝手に花火打ち上げたらいかんの知ってるでしょ！」

頭にきた洋子が、仁王立ちになって上から怒鳴りつけた。

「なにー？　聞こえなーい」

「知るかバカ！」

火事は放置したまま誰ひとり仲間さえ気にかける者もなく、一目散に逃げていく。

「いたっ！」

急に洋子がうずくまった。さっきの花火玉の火花で、足にケガをしたらしい。

「洋子ちゃん降りよう!」

炎が床を舐(な)めるようにして近づいてくる。

「来た道ふさがってる。飛び降りるしかないよ!」

迷っている暇はない。ひな子は洋子を抱きかかえ、思いきってテラスに飛び降りた。

「た〜! マジ痛い」

なるべく衝撃が少なくなるようにしたつもりだが、思いのほかケガは深刻かもしれない。

階段のほうを見ると、煙がモクモク湧いて出てきた。

どうしたらいいの、港。できるだけ下に逃げたほうがいいとあなたは教えてくれたけど……もう無理みたい。


パソコンで書類仕事をしていた山葵は、日付をスマホで確認しようとして思わず「え?」と声をあげた。

画面に洋子からの不在着信がずらりと並んでいる。一分前にメールが連続して受信されていて、一番上には電話の不在着信。たったいまだ。

なにごとだろう。ほかの隊員の目を気にしながら机の下でメールを開いてみる。

『助けて！』『オストに閉じ込められた！』『ひな子と……』

「えっ！」

そのとき、スピーカーがピーピー鳴りだした。

『長川地区、出火報、長川市西久保三丁目二十番九号』

出動指令の住所は、まさしく『オスト』だ！

瞬く間に防火衣と装備の着装を終えた山葵は、ポンプ車に駆けつけた。

「マンション新築に伴って、水利南に三十メートル移動してます！」

機関員の山代に報告する。

「確かか？」

「はい！」

昨年の火事があってから、とくに廃墟ビルのある周辺は非番のたびに見回っていたのだ。

「好きな女の子の危機なんです！」

「なんだそれ」

消防車がいっせいに出動した。ウーーというサイレンのあとにカンカンカンという鐘の音が鳴る。火災発生を意味するサイレンの音だ。山葵の顔が引き締まる。

「あそこははしごも近寄れねえ。中の大木に火がついたら、ただの焼却炉だ！」

隊長の眉間のしわが今日は特別に深い。

現場付近に到着すると、風にあおられてビルの吹き抜けから火柱が上がっていた。

「あった！　路駐なし感謝！」

山代が消火栓近くの路地にポンプ車を停車させる。ビルは石階段の上だ。

残った尺玉が引火して夜空で弾けた。

「また花火かよっ」

隊長が吐き捨てる。

「ホース持って登れるところまで登るぞ！　ここはエレベーターが使えない!!」

「はい！」

「十五階の２５２（逃げ遅れ）救出と他階も確認！」

「はいっ！」

消火栓に繋いだホースを抱え、山葵たちが階段を駆け上がっていく。

ビルの正面玄関の前には、消防車や救急車が鈴なりになった。

「正面鉄扉閉まっている。カッターで開け侵入！」

いったいどこから入ったのか。隊員がカッターで三角に切った鉄の扉の隙間から手を入れて鍵を開ける。

山葵たちは隊長とともにビルの裏手に回った。

「東に侵入した跡あり、そこより入ります！」

隊長が報告する。建物の中に入ると、中央の吹き抜けには炎の柱が立っていた。

「誰かいませんかー!?　声出してください！　誰かー！」

山葵が大声で呼びかけるも返事はない。隊長とふたり、声をかけながら階段を上っていく。しかし、ついに行き止まりになった。

「こちら十三階！　花火の火花が激しく！　これ以上登れない！　登れない！　どうぞ！」

隊長がマイクに怒鳴るが、花火の音がうるさくて司令本部に聞こえているのかどうか定かでない。

「くそっ、面体着装！」

隊長が胸のマスクを口に当てる。山葵もマスクをつけホースを構えた。

「隊長！　水が来ません！」

「なにっ！　見てくる！　待ってろ！」

マスクをずらして言うと、隊長は山葵の肩を叩いて階段を駆け下りていった。

階下でも、懸命な消火活動が行われていた。

「通報者の安否未確認。十四階ないし十五階階段が花火によって延焼中！　他階での25は未発見！　発生時は十名以上屋内にいたとの情報。なお捜索中！」

指令本部で大隊長が指揮をとる。

その頃、十三階で待機していた山葵のホースに勢いよく水が流れ込んできた。

「うわっ！」

水勢の強さに思わず手を離してしまう。暴れドラゴンとなったホースに顔面を叩かれた山葵は、床に倒れ込んで尻もちをついた。

消火栓が開いたのだ。

顔を押さえていた手を離すと、巨大な火柱にホースがひとりで立ち向かっている。手に負えない厄介なやつじゃない。あれは、おれの同志だ。

「うおお！」

山葵は暴れるホースに飛びついた。床に転がって格闘したあげく、ドラゴンの頭を取るようにホースを押さえ込んで立ち上がる。

「うおおおおおーーー!!」

行け！　山葵はホースを構えると、迫りくる炎に向かって放水した。

ひな子はテラスの一番外側の柱にもたれかかり、膝に顔を埋めている洋子の背をさすりながら優しく語りかけた。

「大丈夫。電話して、消防士の人たちも下にきてる。すぐ助けにきてくれるよ」

その瞬間、大きな花火の爆発音がした。

「きゃっ!!」

洋子の体がビクッとする。いつも強気な洋子だけど、やっぱり十七歳の女の子だ。自分の弱いところを見せないように、ずっと気を張りつめていたにちがいない。

本当は、ひな子にも助かるかどうかわからない。階下は火の海だし、このテラスもあちこちで火が燃えている。

――港なら。

港なら火を消し止められるかもしれない。でもこんな大きな火災、港は力を使い果たして消えてしまうかも。そうしたら、もう二度と……。

「必要なときは、いつでも呼んで」

以前、港に言われた言葉がふっと耳によみがえる。

――ダメ!!　ひな子は目をつぶって強く頭を振った。頼ったら、今度こそ港が……。

と、洋子の肩が小刻みに震えだした。

「お兄ちゃん……!」

洋子が、泣いている。両親のために、なにより大好きな兄のために、港のお葬式でも泣くもんかと歯を食いしばって堪えていた洋子が、港に助けを求めている。

——ひな子さんがそんなんじゃ、先輩いつまでも成仏できないですよ！

山葵に言われた言葉が耳によみがえる。

ひな子は、ぎゅっと目を閉じた。

……そうだね。港が望んでいるのは、きっとそういうことだね。

ひな子はひとつ息を吐いて、炎で赤く染まっている夜空を見上げた。

——港。お願い。わたしたちを助けて。

「♪君が眺めている　水面は鮮やかに煌めき」

歌いだすと、どこからか港の声が聞こえてきた。

「ひな子。呼んでくれてありがとう」

「港！」

「おれは、願いが叶ってここに留まれた……おれの願いは、ひな子が波にのれること。ひな子が」

ひな子は微笑んで、港と声を重ねた。

「波にのれるまで」

消防隊員たちは、各階で懸命の消火活動を続けていた。

不思議な現象が起きたのは、そのときだ。

「うあっ！」

「なんだ！」

大量の水の塊が大木の炎を鎮火しながら、もうもうと水蒸気をあげて上昇を始めたのだ。

水の塊は消火活動をしていた消防士たちを呑み込み、また外に吐き出して、上へ上へと昇っていく。

山葵のところにも水の塊が上がってきた。燃え盛っていた大木がたちまち水蒸気に包まれ、炎が鎮火する。

山葵がホースを持ったまま呆然としていると、水蒸気が消え去り、水の塊の中に笑顔の港が現れた。

「一人前だな」

「(先輩!!)」

ひな子さんの話は妄想なんかじゃなかったんだ。山葵にも、その姿がはっきり見える。

「おまえが後輩で誇らしいよ。上はふたりだけだ、おれにまかせろ」

シャカサインしながら、港が浮かんだまま遠ざかっていく。

「(せんぱ〜い!!)」

足元に大量の水が流れ込み、たちまち水の中に呑み込まれる。山葵は下方の水面に向かって泳いでいき、脚から水を飛び出して地面に尻で着地した。

潜水の訓練をしてきたほかの消防士たちも、不思議な水の塊から同じように脱出しているだろう。

「花火への引火が収まる。大量の水の塊が大木の炎を鎮火しながら上昇中」

外の通りに陣取った大隊長が、水蒸気に包まれているビルを見上げながら胸元のマイクで報告していた。

「理由は……わかりません」


十五階のテラスまで水が上がってきた。

ひな子の膝に顔を埋めていた洋子が、驚いて上半身を起こす。

「洋子ちゃん、一回水に入るけど大丈夫だよ。お兄さんもここにいる」

ひな子と洋子が大きく息を吸い込んだ瞬間、ふたりとも水の中に沈んだ。

「頑張ってるか？　ヒョウモンダコ」

港が現れて、切れ長の洋子の目がまん丸になった。

「（お兄ちゃん！）」

ブクブク。口に水が流れ込んで、洋子が苦しそうに首を押さえる。

「父ちゃんと母ちゃんによろしくな」

「（ずるいよー）」

ゴボゴボガバガバ。大きく口を開けたせいで洋子は窒息寸前だ。

港がひな子に上を指す。見ると、水面にプール用の担架がたくさん浮かんでいる。

途中の階にあったスポーツクラブ跡に積んであったものを、港がここまで運んできてくれたのだ。

了解。ひな子はうなずくと、洋子を抱えて上に向かって泳ぎ、水面に顔を出した。

「ぷはっ」

「はあっ、はあっ」

天井が近い。

「洋子ちゃん、体こっち！」

担架に洋子を引き寄せて体ごとくるりと反転させ、担架に乗せる。ライフセーバー部で教わったやり方だ。うつ伏せになった洋子の上に乗っかり、階段のほうへパドルしていく。

「右！　左！　右！　左！」

階段に出たとたん、部屋が水没した。水はどんどん上昇してくる。もう間に合わない。

「また水入るよ、息止めて！」

再び水の中に入ると、港が待っていた。

「この水はてっぺんまで火を消したら波のように下へ落ちていく。外に出たら、その波にのるんだ！」

吹き抜けの中を上昇していきながら、港が教えてくれる。

「洋子はボードにしがみついて。外へ出たらすぐ！」

大量の水がビルの屋上まで到達し、まるで火山の噴火のように下に向かって勢いよく噴き出した。

「もうすぐ！」

流れがどんどん速くなり、ひな子たちが港を追い越す。

「いち、にい、さん！」

ふたりを乗せた担架が空中へ飛び出した。

「うわああー！」

洋子が絶叫する。

「ひな子！　漕いで漕いで」

水の中から港の声。

「行くよ！」

ひな子の顔が引き締まる。高さ五十メートルから地面までのロングライドだ。

「立って！　波にのるんだ！」

超特大のビッグウェーブにテイクオフ！

チューブをいくつも掻い潜り、ターンを繰り返しながら、いつもの何倍ものスピードで波を滑り降りる。

滑走しながら、チューブの壁に手を差し入れた。

港がそこにいる。手を繋ぐようにして、ふたりで最後の波にのる。

担架が空中へ飛び出した。エアーを決めるように下の段へ飛び降りる。着水した瞬間どっと波がかぶさってきた。かろうじて水中から出たものの担架ボードのスピードに体が追いつかず、ひな子はバランスを崩して大きく後ろへのけぞった。

まずい、足が離れる！

夜景が逆転しそうになったとき、洋子がひな子の足首をガシッとつかんだ。ぐっと引き戻して担架に着地させてくれる。おかげでなんとか再び波にのることができた。

「ありがとう、洋子ちゃん！」

洋子が余裕の笑顔を見せる。夜景サーフィンが楽しくなってきたらしい。

担架ボードが回転しながらどんどん滑り降りていく。
自由自在に波にのるひな子を、港はチューブの波の中から微笑んで見つめていた。
「ありがとう、ひな子」
遠ざかっていくひな子に手を伸ばす。
「きみはぼくのヒーローだ」
港の柔らかい声が、波間に消えていく。
洋子を抱き上げて着地すると、山葵が駆け寄ってきた。
「洋子ちゃん！　よかった」
顔に安堵が浮かぶ。山葵さんも、本当に大切な女の子を見つけたみたい。
洋子を山葵に託し、ひな子はビルを振り仰いだ。
天から屋上に金色の光が射している。
──お別れなんだね。
まばゆい光の中を、港がシャカサインしながら昇っていく。
ひな子もシャカサインを送る。
港。さようなら。
光に呑まれて消えていく港を、ひな子は微笑んで見送った。

エピローグ

「好きな女の子の危機なんです！」

機関員の山代さんに言ったとき、山葵の頭に思い浮かんでいたのは、ひな子ではなく洋子だった。いつから？　う〜ん、気づいたら……正直、そうとしか言いようがない。

「ひな子さんも来ればよかったのにね」

クリスマスイブの夜。山葵と洋子は、夜景の見えるレストランで食事をしていた。

「遠慮したんでしょ。あ、それより、これ見た？」

洋子がスマホのネットニュースを見せる。『廃墟火災放火容疑で男四人逮捕』。花火をしていた男たちが逮捕されたのだ。後日警察に提出した、洋子が撮った動画も逮捕にひと役買ったのだろう。

「もう無茶はしないようにね」

「わかってるってば」

放っておけない同士、あんがいお似合いなのかもしれないと山葵は思う。

「ね、ひな子さんに電話してみようよ」

食事を終えて外に出ると、洋子が言った。

「そうだね」

今夜はオムライスを作ると言ってたっけ。特別な日のご馳走はオムライスと子どもの頃から決まってるんだそうだ。

山葵が電話をかけると、すぐにひな子が出た。

「あ、ひな子さん？　このたびはライフセーバーの試験合格、おめでとうございます」

『ありがとう。今日は誘ってもらったのにゴメンね』

「いえ。でもひな子さん、波にのってますね」

山葵が言うと、ひな子はおどけて言った。

『海だけのサーファーは卒業かな。いろんな波にものっちゃうよ〜？』

よかった。元気そうだ。明日の命日には、一緒に墓参りに行くことになっている。

「あ、洋子ちゃんに替わります」

「ひな子さん、メリークリスマス！　恋しないなんてアホのすることですよ！」

洋子の言葉にひな子はクスクス笑い、よいお年を、と言い合って電話を切った。

「これからどうする？」

「あ、ポートタワー行ってみない？　ひな子さんに聞いたの。恋人たちの聖地ってのがあるんだって。ハートのカードにメッセージ書いたり、ハート型の南京錠かけたり」

山葵がまじまじと見ているので、洋子が顔をしかめた。

「……なによ」

「意外。そんなの『ださ』とか言うと思った」

「わっ山葵が好きかなと思って、行ってあげてもいいかなと思ったの！」

真っ赤になってそっぽを向く。山葵は笑いながら、そんな洋子と手を繋いだ。

口が悪くて意地っ張り。でも、そんな彼女が可愛いくてしかたない。


――よかった、お邪魔虫にならなくて。

ひな子は微笑んで電話を切ると、ポートタワーを見上げた。

そろそろ電飾クリスマスツリーが点灯する頃だ。今年もきっと、たくさんの恋人たちが訪れていることだろう。

ふと足元を見ると、小さな水溜まりがある。

「……♪君が眺めている……」

小さく歌ってみたけれど、水面は揺らぎもしない。

少しずつ前には進んでいる。でもいつまで経っても、胸にぽっかり空いたままの穴を冷たい空気がスースー通り抜けていく。とくに、幸せな想い出がいっぱいのこんな夜は。

「……う」

急に悲しみが込み上げたとき、音楽が鳴り始めた。ポートタワーのイルミネーションが点灯し、耳に思いがけない名前が飛び込んでくる。

『雛罌粟港さんから向水ひな子さんへのメッセージです。投稿は一年前ですね』

えっ……。ひな子は呆然とポートタワーを見上げた。

『ひな子、メリークリスマス！ これからのクリスマスはずっと一緒に過ごそう！ ずっと、ずっと、ずっと！』

ひな子の目を盗んで、港がメッセージを書いたにちがいない。興味なさそうなフリしてたくせに、サプライズ好きなんだから……。

港はそのとき、今年も一緒にポートタワーに上ろうと思っていたんだよね。

「うう……うう……」

港、わたしね。オムライス上手に作れるようになったよ。

「うっ……あっ……わぁぁぁっ……」

港、わたしね。雛罌粟って書けるようになったんだよ。

こらえきれず、ひな子はとうとう声をあげて泣いた。

きらめくイルミネーションの中に、雪がちらつき始めていた。

再び春が巡ってきた。港のいない春だ。

ボードを抱えて海にやってくると、砂浜でたむろしている少年サーファーたちがいる。

「こんにちは！　いまここ澪（みお）が来てるから気をつけてくださいねー」

遠浅の海の底に水の流れでできた溝のことで、澪にはまってしまうと、水難事故に繋がることがある。

「はーい」

地元の少年たちが「ひな子さんだ」と憧れの視線を送ってくる。ライフセーバーの女子大生サーファーは、いまや九十九里の海ではちょっとした有名人なのだ。

「今日はもう波来ないなー」

「上がるか」

波待ちをしていたサーファーたちが、あきらめて岸に向かっていく。

風に吹かれながら、ひな子はひとり静かに波を待ち続けた。

ザザッと波音がする。

――ほら来た。

「ひな子！　漕いで漕いで」

潮風に港の声が聞こえる。

「立って！　波にのるんだ」

でも、ここからはひとり。

ひな子はしっかりと前を向いて、テイクオフした。

―本書のプロフィール―

本書は、二〇一九年六月二十一日公開のオリジナルアニメーション映画「きみと、波にのれたら」の脚本をもとに著者が書き下ろしたノベライズ作品です。

小学館文庫

小説　きみと、波にのれたら

著者　豊田美加
監督　湯浅政明
脚本　吉田玲子

二〇一九年六月十一日　初版第一刷発行

発行人　岡　靖司
発行所　株式会社　小学館
〒一〇一-八〇〇一
東京都千代田区一ツ橋二-三-一
電話　編集〇三-三二三〇-五四三八
　　　販売〇三-五二八一-三五五五
印刷所――大日本印刷株式会社

この文庫の詳しい内容はインターネットで24時間ご覧になれます。
小学館公式ホームページ　http://www.shogakukan.co.jp

ISBN978-4-09-406646-3